打工吧★魔王大人

10

和ヶ原聡司
插畫■029
Satoshi Wagahara
Illustration ■ Oniku

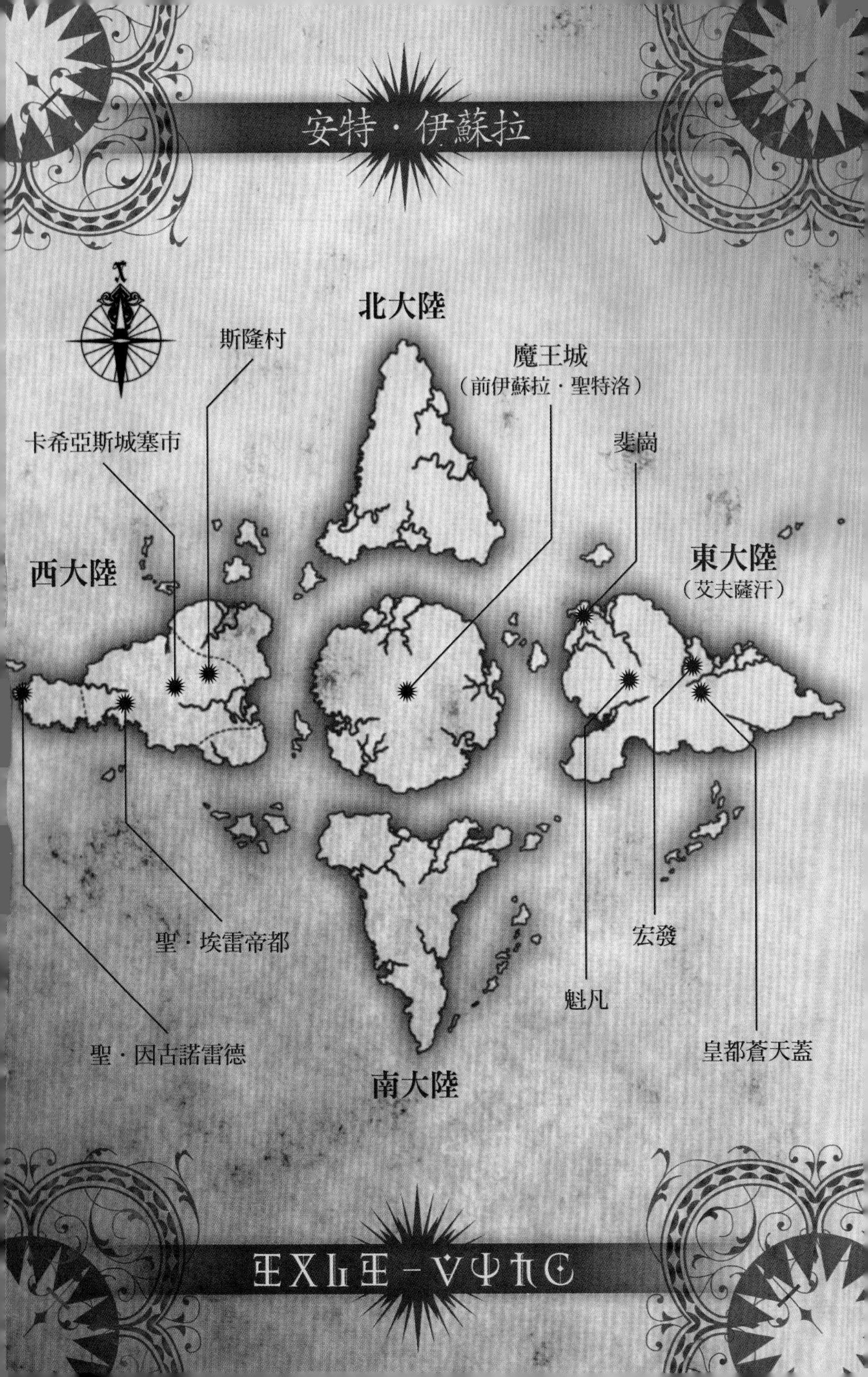
安特・伊蘇拉
北大陸
斯隆村
魔王城
（前伊蘇拉・聖特洛）
卡希亞斯城塞市
斐崗
西大陸
東大陸
（艾夫薩汗）
宏發
聖・埃雷帝都
魁凡
聖・因古諾雷德
皇都蒼天蓋
南大陸

10

打工吧★魔王大人

Satoshi Wagahara
Illustration ■ Oniku
和ケ原聡司
插畫 ■ 029

Kadokawa Fantastic Novels

序章

時鐘的指針已經指向凌晨兩點，雖然這時間守規矩的學生早就該上床睡覺了，但佐佐木千穗還是直接從上野恩賜公園，來到了笹塚的Villa・Rosa笹塚二〇二號室。這個房間的主人鎌月鈴乃目前正外出中。

將裝了外宿用行李的包包放到房間角落時，發現自己已經好久沒來二〇二號室的千穗，忍不住環視房間內的景象。

如今這房間的主人正在一個既非日本、也非這個世界、亦非地球任何角落的地方，與千穗思念的人一同旅行。

為了尋找千穗重要的人們。

為了救出千穗重要的夥伴們。

「怎麼了？雖然不是我的房間，但先進來坐吧。」

相對的，目前這房間的鑰匙正由千穗面前的女子代為保管。

乾脆地露出曬黑的肌膚、將一頭黑長髮隨興紮起的女子名叫大黑天禰。

由於天禰曾經以銚子的海之家「大黑屋」店長的身分僱用過千穗，因此姑且稱得上是千穗的前雇主。

然而天禰和平常照顧千穗、擔任千穗打工的麥丹勞幡之谷站前店店長的木崎真弓之間，存在著極大的差異。

至少天禰並不符合千穗所認知的「普通人」。

若採信本人的說法，每年健康檢查都沒被發現異常的天禰，在生物學上確實算是人類，換句話說就是智人……

「好的，打擾了。」

「哎呀，不過還真熱呢。要喝麥茶嗎？啊，我事先有得到鈴乃妹妹的許可，冰箱裡的東西似乎都可以隨便用。」

「啊，那我來倒吧。」

千穗坐也沒坐，便從最新型的大型冰箱內拿出麥茶，連同自抽屜式冷凍庫裡的製冰盒取出的冰塊，一起倒進由流理臺底下的架子拿出的兩個玻璃杯裡。

最後她用小托盤將這些東西移到天禰面前的矮餐桌上。

「妳的動作還真熟練呢。」

天禰似乎很驚訝千穗能在別人家的廚房毫不猶豫地行動。

「因為鈴乃小姐借我用過很多次了。」

若無其事地說完後，千穗也在天禰的對面坐下。

「這裡的廚房？為什麼？」

天禰疑惑地問道。千穗看見她的表情後，像是想起什麼似的露出微笑。

「嗯？怎麼了嗎？」

「沒什麼，現在回想起來，最常借用這裡是在去銚子之前，也就是我們去天禰小姐的店打擾之前的事情。」

「是這樣嗎？」

當時「魔王與勇者的女兒」阿拉斯・拉瑪斯出現在Villa・Rosa笹塚，而在真奧等人與企圖奪回阿拉斯・拉瑪斯的加百列戰鬥的過程中，二〇一號室開了個足以嚴重影響生活的大洞。

令人意外的是，在阿拉斯・拉瑪斯透過與惠美的聖劍融合順利脫險後，惠美為了她開始比以前更常造訪Villa・Rosa笹塚。

由於擔心大洞對二〇一號室造成的影響，掌管魔王城一切家事的蘆屋借用二〇二號室廚房的機會因此變多，而經常送慰勞品來魔王城的千穗，也必然地改為使用鈴乃房間的廚房。

這一切並非出自任何人的期望。然而在不知不覺間，大家對聚集在同一張餐桌用餐這件事已經不抱任何疑問。

而在居民們之後收到房東修補大洞的通知、必須暫時遷出公寓時，就是委由天禰經營的海之家「大黑屋」對他們伸出了援手。

如今回想起來，不只是平日用餐而已，包含阿拉斯．拉瑪斯在內的真奧和惠美等七人，就是從那陣子開始變得經常刻意一起行動。

後來大黑屋的工作中途取消，等回到公寓修繕完畢的笹塚時，七人已經變得彷彿理所當然似的頻繁聚餐。

魔王與勇者、宿敵與宿敵、異世界人與異世界人。

在短短的一年前，完全沒想到會一塊兒安穩用餐的七人聚集在這棟公寓，雖然這裡並非總是只有歡笑，但大夥兒還是吵吵鬧鬧地共度了相同的時光。

然而這份原本絕對不可能存在的「和平」被打亂了，目前曾聚在這張餐桌的成員，就只剩下千穗和獨自留在隔壁二〇一號室的漆原半藏。

「天禰小姐。」

「嗯？」

「請問關於真奧哥他們的事情，妳了解到什麼程度？」

「嗯～其實我知道得也沒那麼詳細。」

天禰將手抵在下巴，思索似的仰望天花板。

「真奧老弟不是地球人，應該說他根本不是人類，而是更加邪惡……不對，從他擁有魔力來看，大概是變成了惡魔或妖怪那一類的生物，按照蘆屋老弟、遊佐妹妹和那隻黑雞的說法，他似乎擁有強大的力量，所以感覺是那類勢力的老大或國王，然後基於某種理由……大概是因為最後輸給像遊佐妹妹她們那些擁有光明力量的人，才逃來這個世界，不過由於圍繞這個世界的力量井然有序到並未偏向正邪任何一方，無法獲得魔力，因此他為了生活只好無奈地打工。我大概只能推測到這裡。」

「……與其說是推測，不如說就是這樣沒錯。」

既然都說到這個程度，天禰可以說已經幾乎摸清了真奧的底細。

「是有人告訴妳的嗎？例如我還沒見過的，這棟公寓的房東之類的。」

「小美姑姑嗎？喔，千穗妹妹沒跟她見過面啊？」

「我只看過她跳舞的影片。」

「啊？」

「沒事……」

「沒有人跟我說過這些事情喔。我只是就自己看見的範圍進行推測。猜中了嗎？」

「準確到完全沒必要訂正或補充的程度……」

「啊哈哈，妳好像很遺憾的樣子。」

被千穗複雜的表情逗笑的天禰，輕輕吐了口氣。

「唉，不過既然連我都能做出這種程度的推測，小美姑姑或我爸應該能連他們的年齡或血型都看穿吧。」

「雖、雖然我不太清楚背後的道理……不過這些……」

「啊啊。對了，千穗妹妹想聽的應該不是這種事情吧。」

儘管一開頭就碰了壁，千穗還是奮力挺身追問，天禰露出無畏的笑容，一口氣喝下麥茶。

「…………頭好痛……唔呃。」

「那個……」

天禰原本無畏的笑容瞬間一變，開始皺起眉頭發出呻吟，讓千穗嚇了一跳。

「啊哈哈哈，抱歉抱歉……不過，嗯，該怎麼說。世界上的真相，往往意外地單純。即使是能輕鬆撂倒外來惡魔的我，一口氣喝太多冰的東西還是會頭痛。總之……」

將杯子放到餐桌上後，天禰緩緩起身。

她關上通風的窗戶，將手貼在二〇一號室側的牆壁。

「天禰小姐？」

「我會跟千穗妹妹說明喔，前提是，只有千穗妹妹……呢！」

看在千穗眼裡，天禰只不過是用指尖輕輕戳了一下牆壁。

然而透過從地板傳來的震動，就能大概知道牆壁對面發生了什麼事情，似乎有某個大型物體正在地上打滾。

「不過為了以防萬一，還是先讓我採取一些能確實防止別人偷聽的對策吧。這棟公寓很舊，要是不小心讓隔壁的漆原老弟聽見就不妙了對吧？」

「……說得也是。」

千穗表情嚴肅地點頭。

雖然沒有講得很白，但千穗之所以刻意強調要漆原回公寓後窩在二〇一號室裡，就是想讓漆原透過這棟只要有心就能聽見隔壁聲音的公寓，偷聽她和天禰的談話。

因為漆原在一些奇怪的地方特別敏銳，所以千穗認為他應該不會放過這樣的機會，但看來輕率行事的結果，就是害他因天禰剛才採取的「對策」吃了苦頭。

而儘管口頭上說尊重和千穗的約定，但光從天禰的眼神，就能明顯看出她早已識破千穗的意圖。

「……那麼，就麻煩妳重新說明了。」

千穗也沒有特地提及這件事情。

雖然晚點必須向漆原道歉，但若千穗在天禰什麼都沒說的情況下便自行讓步，或許會錯失問出情報的機會也不一定。

「喔喔，妳還要作筆記啊？妳是認真的呀？」

千穗從外宿的行李中拿出平常打工時使用的三色原子筆和記事本，以非常認真的表情點頭回答：

「只要是第一次接觸的事物，都先作筆記再說。記事情也是工作的一部分，所以自從和真奧哥一起工作後……我就養成了什麼事都要作筆記的習慣。」

在踏入一無所知的世界時，首先要做的就是牢記，以及試著去了解。

這是千穗重要的人在很久以前對她的教誨。

「這樣啊。」

天禰看著重新坐回榻榻米的千穗眼睛說道：

「那麼，妳想知道什麼？」

千穗深深吸了口氣。

在綜合所有至今發生過的事情、自己的見聞，以及自己期望的知識後，首先應該向天禰提出的問題就只有一個。

「請問地球的生命之樹(sephirot)和質點(sephirah)，現在究竟在哪裡，又是處於什麼樣的狀態？」

「唔…………」

千穗的話讓直到剛才都還顯得遊刃有餘的天禰，明確露出驚訝的表情並倒抽了一口氣。

「千、千穗妹妹？」

「是的。」

「不、不好意思，先暫停一下，再怎麼說這也太出乎我的意料了。咦？等等，妳到底是怎麼想到這裡的？因為，咦？我本來以為妳是想問我和小美姑姑的真實身分、魔力是什麼，或是銚子海岸的真相之類的？」

千穗平靜地對看起來是真心感到驚訝的天禰說道：

「當然我也很在意這些事情……不過我想只要從最基本的部分開始講起，過程中應該就會順便提到。」

「呃……咦？是這樣嗎？」

「這麼說或許有點失禮，但我認為天禰小姐的真面目，一定只是些無關緊要的事情。」

「不過……呃，抱歉，我居然慌成這個樣子。我會好好回答妳的問題喔！可是，虧妳有辦法一個人推論到這裡呢？妳該不會有和真奧老弟商量過吧？」

「不，我並沒有特別和任何人商量過……話雖如此，我也不是一個人推論到這裡的。」

千穗稍微加重握著記事本和筆的力道。

「在和真奧哥與惠美小姐他們一同度過的時間中，我一點一滴地見識到了許多事情，為了不遺漏任何的情報，我拚命地回想……所以，這並非我一個人有辦法得出的問題。這都多虧了真奧哥、遊佐小姐、蘆屋先生、漆原先生、鈴乃小姐、阿拉斯・拉瑪斯妹妹和伊洛恩弟弟。當然還有天禰小姐、卡米歐先生、馬勒布朗契的惡魔們、沙利葉先生、加百列先生，以及……」

千穗輕輕伸出自己的右手。

「將這枚戒指託付給我的人讓我看見的記憶……」

「那顆紫色的石頭，是第九質點嗎？」

天禰看向鑲在千穗戴的戒指上的紫色寶石，露出嚴肅的表情。

「變得還真是悽慘呢。將這個託付給千穗妹妹的傢伙，是那個叫安特・伊蘇拉的地方的人嗎？」

「雖然對方並沒有明說，但我想應該是這樣沒錯。話雖如此，我也不知道對方是不是『人類』。」

「只要是能溝通的生物，就不用太在意啦。」

「總而言之，能夠表現出我所見聞的一切，以及和那些人共度的所有時間的，就只有這個問題了。」

「好，我知道了。雖然這樣好像有點糾纏不休，但在回答妳的問題前，我可以先做個確認嗎？」

「好的……哇！」

「嗯，看來背後似乎沒有什麼連結呢。」

天禰不等千穗回答，就將手貼在千穗的額頭上。雖然不知道她在調查什麼，不過天禰總算放鬆地點頭。

「怎、怎麼了嗎？」

「嗯。我本來擔心給千穗妹妹這枚戒指的人，或許現在也偷偷和妳連結在一起，但看來對方似乎並未做到這個地步。因為妳說曾被植入過記憶，要是對方現在也在偷聽，那讓漆原老弟吃苦頭就沒意義了。」

總之漆原吃了苦頭這件事是確定的。

千穗再度於內心發誓，之後一定要針對將他捲進來這件事道歉。

「那麼，關於地球的生命之樹和各個質點現在怎麼了的話題。」

「果然有嗎？而且質點還不只一個。」

「這樣我很難說明。就算不用一一確認，我也不會說謊啦。」

「對、對不起。」

千穗反省自己的焦急，做了一個深呼吸後擺出認真聆聽天禰說話的態度。

話雖如此，她還是打算若一次聽不懂，無論幾次都要問個清楚。

這也是真奧的教誨。如果問了兩次還是不懂，就問三次。天禰接下來將揭露的事情，就是有值得這麼做的價值與意義。

「首先地球的各個質點，已經沒和生命之樹在一起了。他們早在很久以前就各奔東西。而且還是久到能記載在千穗妹妹的歷史教科書裡的程度。」

「這樣應該算是最近的事情吧？」

「嗯？」

「呃，既然是歷史教科書涵蓋的範圍，就表示質點們和生命之樹分開，是在我們能掌握的年表中發生的事情吧？我本來以為會更早，例如好幾億年前地球上的生命剛誕生時的事情。」

「……現在的高中女生對時間尺度的理解也很靈活呢。如果實際經歷過，應該會覺得這樣的時間長得要死……算了。總之，開門見山地說，我個人並不像阿拉斯．拉瑪斯妹妹或艾契斯．阿拉妹妹那樣，是直接從質點誕生的存在。真要說起來，我應該算是擁有像她們那樣的父母，是從質點誕生的孩子與人類之間的混血兒。唉，雖然這樣的講法也有點奇怪。」

「請、請等一下。」

光是剛才這段話的內容，就包含了多到令人驚訝的情報。

首先，就是阿拉斯．拉瑪斯和艾契斯．阿拉的壽命異常地漫長。她們將來不僅能獲得人類的伴侶，甚至還能繁衍子孫。此外從天禰的行動來看，質點之子的子孫，無疑會繼承他們的特性。

千穗快速記下筆記，天禰也耐心等待千穗寫完必要的事情。

「至於我的父母哪一位是誕生自質點，答案就是我爸爸。他是『理解』之子，雖然現在是用大黑天智這個名字，但本名似乎叫做馬穆理德。」

「馬穆理德先生……這名字有什麼特別的含意嗎？」

按照鈴乃的說法，阿拉斯·拉瑪斯和艾契斯·阿拉這兩個名字，在安特·伊蘇拉似乎都具備特別的意義。縱然不清楚伊洛恩的詳情，但那應該也是個有意義的名字。

所以千穗推測從地球質點誕生的存在或許也是如此。

「這個嘛，我想應該是『慈母之鉛』的意思。不過他是男的呢。」

天禰苦笑地接著說道：

「那麼，我現在就來回答千穗妹妹最開始的問題，也就是『地球的生命之樹』過去的所在地吧。」

「好、好的！」

千穗屏息以待。

關於「生命之樹」與「質點」的情報，正是如今發生在千穗、真奧以及惠美周遭一連串事件的核心。

從天禰以及替千穗植入記憶的某人所說的話來看，地球也有生命之樹存在已經是毋庸置疑的事實。

那麼為了摸清楚安特．伊蘇拉的生命之樹，目前最需要的就是關於地球生命之樹的情報。

如今那個情報就在眼前。千穗因為開始隱約窺見真相而感到興奮，所以才沒注意到天禰的說法有些微的不對勁。

「生命之樹就位於雖然平常看得見，但很遺憾現在的千穗妹妹無法抵達的地方。」

「平常看得見？」

「而且是幾乎每天呢。啊，不過下雨天就看不見那裡了。」

說完後，天禰緩緩舉起手指向窗外。

千穗將視線轉向天禰指示的方向，然後倒抽了一口氣。

輕輕飄浮在夜空中的月亮。

「在……月亮上？」

地球的生命之樹位於地球的衛星，也就是月亮上面。

在消化這項事實的期間，至今發生的所有事情如暴風般在千穗腦內奔馳而過。

然後當這陣暴風在腦中將錯綜複雜的情報歸位的瞬間，千穗感到一股顫慄。

「沙利葉先生的力量……愈接近月亮就愈……天界的至寶，那麼，安特．伊蘇拉的天界和魔界……」

「怎麼了？為什麼這麼吃驚？」

「啊，我、我沒事，那個，雖然有點嚇了一跳，但請妳繼續說下去。」

千穗拚命拉回自己分散的注意力，以顫抖的手揮動筆桿並催促天禰。

「嗯？那麼，從被這樣的我稱作『姑姑』應該就能推測出來，小美姑姑是我爸爸的姊姊。這棟公寓的房東志波美輝，也是從質點誕生的存在。只不過小美姑姑的情況和其他質點有些不同，她的工作……」

千穗邊點頭邊拚命作筆記。

雖然不知道這些和千穗期望的未來是否有所關聯，但宛如祕密的寶箱在對自己降下寶石之雨般，千穗獲得了能用來思考未來的資訊。

就在千穗一面拚命揮動筆桿，一面因為奇妙的興奮感而忍不住露出笑容的下一個瞬間——

「啊嘎！」

天禰因為突然聽見某人的叫聲而停止發言，千穗也驚訝地環視周圍。

剛才那是漆原的聲音。而且還是非常緊張的慘叫。

「咦……咦？為什麼？」

然而發出比漆原的慘叫還要緊張的聲音的不是別人，正是天禰。

「為什麼聽得見他的聲音？我剛才明明有確實做好防護……」

比起漆原發生了什麼事，聽得見漆原的聲音更讓天禰感到驚訝，雖然千穗對此有些意見，但總之能確定的是發生了緊急狀況。

千穗不認為事到如今還會有惡魔或天使來襲，就算真的有，感覺天禰也會有辦法解決，但即使如此，千穗還是不自覺地為了防備緊急狀況而起身留意周遭的情形。

接著——

「「……唔！」」

某人輕輕敲了玄關的大門。

然而不知為何，那道微弱的敲門聲聽在千穗耳裡，就像是有人在用貴族宅第的門環叩門般既優雅又高尚。

魔王，失去立場

一般難以想像會出現在戰場上的各種豪華餐點，完全激不起惠美的食慾。

姑且不論心情，不吃東西身體絕對會撐不下去，然而即使知道這點，她還是無論如何都無法產生食慾。

說來奇怪，在被奧爾巴囚禁並擔任斐崗義勇軍的總指揮官前，惠美根本不知道安特·伊蘇拉居然有如此精緻、美味的料理。

她並不是沒吃過。

而是不曉得這些料理的存在。

出身西大陸農村的惠美雖然有個溫馨的家庭，但經濟狀況稱不上富裕，真要說起來，在世界遭魔王軍侵略之前，她甚至從沒離開過村子。

雖說艾美拉達和奧爾巴都擁有極高的社會地位，但在惠美作為勇者巡迴世界的期間，他們還是經常必須節約盤纏，除非接受王公貴族的招待，否則就連一個月能否吃到一次平民的宴會料理都無法確定。

就飲食生活的多樣性而言，比起在安特·伊蘇拉生活的十六年，在日本度過的那一年多的時間要遠遠豐富多了。

如今送到惠美和阿拉斯．拉瑪斯面前的三餐，應該全都是使用高級食材、並由技術高超的廚師烹調出來的吧，這些餐點精緻的程度，就連拿來和之前在安特．伊蘇拉旅行時吃的東西，以及在日本平常的飲食比較，也只會讓人覺得可笑。

即使如此——

「媽媽，這個和小鈴姊姊煮的玉米濃湯不一樣。」

阿拉斯．拉瑪斯只喝一口湯，就露骨地皺起眉頭表示嫌棄。

「是嗎？那這邊的炒飯呢？」

惠美將一種用類似米的穀物拌炒而成的料理裝在小盤子裡，勸阿拉斯．拉瑪斯吃，雖然嚴格來說那和日本所指的炒飯完全不同，但也沒其他方式能形容了。

然而阿拉斯．拉瑪斯果然還是只吃一口，就乾脆地說道：

「這和艾謝爾的不一樣。」

「這樣啊，不過現在只有這個能吃。拜託妳忍耐一下好嗎？」

看來對阿拉斯．拉瑪斯而言，即使是極盡奢華的艾夫薩汗料理，也比不上在日本公寓的簡陋廚房做出來的家庭料理。

「炸雞塊呢？妳喜歡吃炸雞塊吧？我幫妳切小塊一點……」

惠美試著將炸雞塊分成小塊，但阿拉斯．拉瑪斯連吃都沒吃便直接拒絕：

「小千姊姊做的比較好吃！」

身為「媽媽」，面對阿拉斯·拉瑪斯這樣的反應，惠美原本應該要斥責她不能挑食才對。

不過惠美完全提不起勁那麼做。

因為用不著阿拉斯·拉瑪斯特別強調，惠美自己也深有同感。

無論食材或廚師再怎麼優秀，只要餐桌冷清，品嘗的心情也會跟著低落。

「可是如果不吃東西，晚上一定會肚子餓。這些東西應該不難吃吧？多少吃一點呀。」

「嗚……」

惠美的話，讓阿拉斯·拉瑪斯表情苦澀地瞪著眼前的料理。

阿拉斯·拉瑪斯在這方面就和普通的小孩一樣，只要一遇到討厭的事情，偶爾就會變得特別頑固。

雖然這次碰巧是遇到和食物有關的事情，但無論小女孩多麼討厭這個狀況，都不能讓她就這樣不吃東西。

所以惠美一不留神就說溜嘴了。

「吶？阿拉斯·拉瑪斯，等回去之後，我們再拜託貝爾和艾謝爾煮飯吧？所以現在……」

「我們什麼時候能回去？」

不小心說出口的話，化為沉重的一擊返回惠美身上。

「……」

沒辦法回去。

就算是作夢也無法實現。

惠美淚眼矇矓地看著在眼前冒出熱氣的各種料理。

「什麼都不用做就能吃到的飯……果然不好吃呢。」

惠美動員最大限度的精神力止住淚水，別開臉迴避阿拉斯．拉瑪斯的視線，然後——

「可是……不吃不行……」

她安撫著阿拉斯．拉瑪斯，重新吃起食不知味的餐點。

※

由於父親生存過的證明——故鄉的麥田被當成要脅，惠美被迫參與一場違反己意的作戰。

惠美被奧爾巴和拉貴爾抓來充當「戰力」。他們逼惠美擔任「讓艾夫薩汗從惡魔手中解放的義勇軍」總指揮官，並將她樹立成驅除盤踞在皇都．蒼天蓋的馬勒布朗契的希望象徵。

不過在惠美的認知裡，將馬勒布朗契們引進艾夫薩汗的原本就是奧爾巴本人，因此惠美完全無法掌握奧爾巴他們的真意。

另一方面，被加百列帶到安特・伊蘇拉的蘆屋，也被迫以惡魔大元帥艾謝爾的身分重新支配蒼天蓋。

如果不這麼做，別說是蘆屋自己，就連因天界的計策而來到艾夫薩汗的馬勒布朗契們，以及人在日本的真奧都會有危險。

正當局勢逐漸發展為惠美率領的義勇軍，與蘆屋率領的蒼天蓋馬勒布朗契軍在艾夫薩汗國土中展開激烈衝突時，真奧和鈴乃也夥同與阿拉斯・拉瑪斯是同質存在的艾契斯・阿拉，為了「拯救」惠美、蘆屋和阿拉斯・拉瑪斯而抵達安特・伊蘇拉。

為了避免被原本的敵人「天使們」發現，真奧、鈴乃與艾契斯首先來到與主要戰場有段距離的地方，他們一面收集情報，一面騎機車橫跨東大陸的大地趕往蒼天蓋。

鈴乃在路途中發現情況有異，即使東大陸正被惡魔支配，全體國民的氣氛也不至於像過去被魔王軍侵略時那樣低迷。此外她還從真奧那裡逼問出與惡魔本質有關的情報，得知了魔界的部分真相。

真奧和鈴乃在偶然之下，與惠美過去的夥伴艾伯特會合，並透過他的情報獲知惠美的所在地與義勇軍正朝首都進逼的事實，為了替一切做出了結，三人開始商討解決的方法。

即使身為魔王，真奧依然能夠透過和艾契斯融合揮舞聖劍，而且這股力量原本也應該成為最後的關鍵才對。

但不知為何，真奧和艾契斯居然無法喚出聖劍，別說是當初為了拯救千穗和千穗的學校，所展現出的那股既非魔力亦非聖法氣的力量了，真奧最後甚至連原本不該釋放出來的東西都一併吐出來了。

惠美的聖法氣和阿拉斯．拉瑪斯的聖劍、真奧的魔力和艾契斯．阿拉的聖劍。

原本壓倒性的力量全被封住，速戰速決的期望也徹底落空，讓只請一個星期假的真奧，開始害怕起麥丹勞的打工班表會不會開天窗了。

※

安特．伊蘇拉東大陸的中心，被稱為皇都．蒼天蓋的地區外圍。在某個堪稱衛星都市的村落旅館中，身處陰暗房間的真奧貞夫，煩躁地咬牙抬頭瞪向俯瞰自己的兩人。

「……道歉。」

「怎麼了，沒頭沒腦地？」

「總之你們向我道歉就對了。」

「所以你到底在說什麼啊？」

「你們對我做出這種瞧不起人的舉動，難道以為能這樣就算了嗎？」

「說瞧不起人也太不客氣了吧。這明明是因為擔心你所做的安排。」

身上穿的並非平常的和服、而是大法神教會法衣的鎌月鈴乃，受不了似的說道。

「貝爾說得沒錯，魔王。」

一站到嬌小的鈴乃旁邊就讓兩人看起來像大人與小孩、看起來肌肉發達的高大男子——仙術道士艾伯特．安迪也跟著點頭附和。

「什麼叫做擔心我。我還是第一次受到這種屈辱。」

「就算你這麼說……」

艾伯特一臉困擾地搔著頭。

「魔王，你這兩天除了吃飯和睡覺以外，根本什麼都沒做不是嗎？」

「艾伯特，你這傢伙居然把我講得像漆原一樣……有些話可不能隨便亂說啊。」

「漆原？」

艾伯特轉為向鈴乃求助，但後者僅聳聳肩搖頭回應。

「沒辦法。我們明天就要到皇都的中央區，蒼天蓋天守（註：城堡中心的建築物，同時也是城堡與城主權力的象徵）了。我們可是要闖入敵人的大本營喔。然而……」

鈴乃表情苦澀地說完後，將視線從真奧身上移開。

嘴角還沾著中午吃的糖醋魚碎屑的艾契斯．阿拉，正躺在簡陋但清潔的床上睡得香甜。

「魔王，現在的你完全不成戰力，但要是你有什麼不測，又會害千穗小姐和阿拉斯・拉瑪斯傷心。既然如此，就只能請你在這間旅館待命了。」

「…………可惡。」

被戳到痛處的真奧咬牙用力搥向牆壁。

「嗯唔！」

從拳頭傳來的痛楚，讓他發出含糊的苦悶之聲。

「喂，魔王，我們這麼說也是為你好，你就留在這裡等吧。如果是全盛時期的你，剛才那一下應該就足以摧毀好幾條街了。然而如今就連在這灰泥牆上開個洞都沒辦法。這樣一旦遭遇戰鬥，別說是奧爾巴了，你就連鑲紅巾都贏不了。」

「唔唔唔唔唔唔。」

儘管不及惠美，但這位名叫艾伯特的男子也算是真奧的宿敵之一。

然而現在他卻被對方以憐憫的目光勸戒，身為魔王，這只能用屈辱來形容。

「喂，艾契斯！」

「嗯嘎？」

被從作戰計畫除名，是絕對不能發生在魔王身上的屈辱，無法忍受這點的真奧拉起吃飽後呼呼大睡的艾契斯，抓著吊帶褲的肩帶用力搖晃她。

「這到底是怎麼回事！為什麼我的魔力沒有恢復！還有妳在小千學校使出的那股力量到底怎麼了！妳心裡也差不多該有個底了吧！」

「…………………」

突然被吵醒的艾契斯，眼神渙散地任由真奧搖晃，然後她在真奧停止呼喊的同時低喃道：

「……蝦子……」

「蝦子？蝦子怎麼了？」

「如果能吃到鹽烤蝦，或許就會知道。」

「……」

真奧怒目瞪向睡眼惺忪的艾契斯，默默舉起拳頭，鈴乃見狀連忙全力拉住他的手臂。

「等、等等，魔王！不行！雖然我能理解你的心情，但你不能那麼做！」

「放開我，鈴乃。現在已經是男女平等的時代了。」

「即使平等，還是有賭上自尊也不能做的事情！」

「就是因為有妳這種想法，才會到現在都沒有男性專用車廂。」

「你明明就是靠自行車通勤！」

兩人持續爭執了一段時間，但現在的真奧在力量方面根本就不是鈴乃的對手。

就在真奧放棄並鬆開抓住艾契斯的手時——

「嘖，失敗啦……………呼喵。」

再也沒什麼比這更讓人火大的結尾臺詞了，丟下這顆炸彈後，艾契斯再度回到夢鄉。

由於重新燃起怒火的真奧又打算對睡著的艾契斯動手，這次艾伯特也跟著加進來勸阻。

「痛痛痛痛痛！我知道了！我知道了啦！」

雖然鈴乃也算是非常有力，但艾伯特則是從身材就看得出來是個力氣過剩的男子。

同時被兩名孔武有力的戰士固定住雙臂，目標征服世界的魔王只好無奈地含著眼淚，壓下對艾契斯的殺氣。

「真是的，也不稍微手下留情一點……啊～好痛……」

真奧活動差點被轉到不該轉方向的肩膀，以比剛才弱上許多的氣勢瞪向兩人，但他很清楚鈴乃和艾伯特現在的眼神代表什麼意思。

「可惡！這到底是怎麼回事？」

真奧皺眉看向自己一張一握的手。

魔力沒有恢復。

這項事實對真奧而言是打擊，對鈴乃而言也是預料之外的事情。

若想將惠美和蘆屋帶回日本，無論如何都無法避免與大天使們展開衝突。

至少在目前這個時間點，他們已經確認了加百列和卡邁爾的身影，並實際交過手。

儘管鈴乃對自己的實力也頗有自信，但依然遠遠不及和阿拉斯・拉瑪斯融合前的惠美。

即使是和身旁的艾伯特單挑，她恐怕也沒有勝算。

然而就連艾伯特本人，在實力方面應該也不及和阿拉斯・拉瑪斯融合前的惠美。

在缺少真奧力量的情況下，她實在不認為有辦法與兩位大天使為敵。

不過說到是否只要成功和惠美取得聯繫，讓她施展足以凌駕大天使的力量擊退敵人就能逃離安特・伊蘇拉，倒也沒那麼單純。

如果這樣就能解決一切，惠美本人應該早就這麼做了。

這次的騷動，並非單純將惠美和蘆屋帶回日本就能解決，除了將兩人被捲入的狀況全部重新恢復原狀之外，還必須設法避免各個勢力派人追擊到日本。

並非單純收拾掉「對夥伴不利的敵人」，而是得進行讓各勢力不再想於政治上或軍事上，利用惠美和蘆屋的「戰後處理」才行。

鈴乃策劃的理想救援行動，除了理所當然的戰鬥之外，在「戰後處理」方面也必須大大仰賴真奧揮舞艾契斯的「聖劍」。

然而別說是聖劍了，既然真奧光是叫出百圓商店的水果刀就會讓身體不適，那就只能退而求其次，和艾伯特這預料之外的戰力合作解決狀況了。

「魔王，你別太焦急。這又不是你的錯。而且就算焦急也於事無補。」

「可是啊！這樣我到底是為了什麼特地請假跑來這裡！這麼一來，我不就真的只是在觀光和吃飯睡覺嗎？」

看來在真奧心裡，似乎是將這起襲捲安特．伊蘇拉五大陸之一，東大陸全境的大騷動和減少打工排班放在相同的層級，但鈴乃輕輕搖頭說道：

「誰也沒想到會發生這種事。而且要不是你現在變成這樣，我、千穗小姐和路西菲爾那天也無法全身而退。從這個角度來看，現在的狀況也並非毫無意義。你就別再鬧彆扭了。既然是『王』，就不該只看眼前，而要縱觀大局。」

「可是……」

「我不希望你放著無法發揮力量的理由不管，就上戰場害自己受傷。你就在這裡等我們回來吧。我們一定會把艾米莉亞、阿拉斯．拉瑪斯、艾米莉亞的父親和艾謝爾平安帶回來。」

「……鈴乃。」

鈴乃跪到坐在床上的真奧面前與他對上視線，勸導似的拉起真奧的手堅毅地說道：

「雖然至今我和艾米莉亞都一直說你是敵人，但最後總是依靠你的力量度過難關。這次就給我個機會挽回顏面吧。這同時也是我身為『新生魔王軍』元帥所上奏的諫言。」

「妳真的只有對自己有利時才會搬出這個頭銜呢。」

「因為我大概知道你不太會應付這招了。」

鈴乃愉快地抬起嘴角，起身揮動法衣下襬。

「而且大將本來就應該要待在安全的地方，傲慢地看部下表現啊。」

「我討厭那樣。」

「偶爾必須面對討厭的事情，才叫做人生啊。」

「雖然我不知道在日本發生了什麼事情……但話先說在前頭，我可沒打算加入魔王的麾下喔。」

或許是對真奧和鈴乃莫名心意相通的對話感到不安，艾伯特趕緊出言澄清。

儘管艾伯特也認同惠美在日本生活，但是和魔王撒旦一同行動，對他而言依然是特例中的特例。

「我知道。我們只是碰巧都想將惠美從麻煩事當中解救出來而已。不過就目前而言，目的一致的夥伴還是愈多愈好吧。」

「夥伴……啊。被你這麼一說，還真是讓人百感交集呢。」

艾伯特聳肩說道，但他的表情看起來並沒有那麼反感。

「話說我之前就有件事情想問你。」

「啊？」

「為什麼你和艾美拉達會容許惠美不打倒我，持續住在日本呢？即使想順惠美的意思，也該有個限度吧？奧爾巴和路西菲爾在日本搗亂後，有一陣子比起惠美，我更害怕你和艾美拉達瞞著惠美跑來殺我呢。」

「嗯，我們也不是沒討論過這件事。」

「還真的有啊。」

真奧因為對方乾脆坦承暗殺計畫而皺起眉頭，艾伯特則是饒富興味地看著真奧的表情。

「雖然我不知道艾美怎麼判斷，但我是因為有我的理由，才放棄瞞著艾米莉亞討伐你。當然我的確有想尊重艾米莉亞的意思，再來就是因為……」

艾伯特走向真奧，用力拍著他的肩膀。

「好痛！你幹什麼？」

「好好感謝那位姓佐佐木的小姑娘，還有亞多拉瑪雷克那傢伙吧。」

「小千和……亞多拉瑪雷克？」

真奧因千穗和早已去世的惡魔大元帥之名出乎意料地出現而困惑不已，但艾伯特沒繼續說明，便直接搖頭道：

「既然決定要走，那也差不多該動身了。雖然我們一定能趕在前面，但斐崗義勇軍也已經抵達距離皇都中央區只有一兩天行程的地方了。若艾米莉亞真的在義勇軍內，那我們也得趁義勇軍前往首都造成的混亂潛入蒼天蓋天守才行。光是只看距離，時間就夠緊迫了。魔王，你就

和那位聖劍的小姑娘乖乖待在這裡吧。」

說完後，艾伯特側眼瞄了一下驚訝的真奧，便走出旅館房間。

雖然總括都是皇都．蒼天蓋，但涵蓋的範圍十分廣大。

鈴乃等人的目的地——蒼天蓋天守所處的中央區，聚集了八巾騎士團中地位較高的正蒼巾、鑲蒼巾、正翠巾、鑲翠巾四騎士團，以及高級官吏、皇族、貴族和對統一蒼帝宣誓效忠的異民族族長的大使館，換句話說就是貴族區，畢竟是集結了大陸全境達官貴人的區域，占地非常廣闊。

即使騎士團按照平常速度從天守出征，徒步也要花上一天以上的時間才能走出中央區。

然後像是包圍中央區般延伸出來的區域被稱為民商區，這裡是商家、富裕階層，以及地位較低的正橙巾、鑲橙巾、正紅巾、鑲紅巾四騎士團居住的地區，通常要再徒步行軍一天，才能穿越這裡。

中央區和民商區基於區劃整備與防範目的，四面八方都布滿了城牆，一部分的城牆甚至以長城的形式，直接延伸到位於郊外、被稱為農工區的產業地區外側。

主要朝東北、西北、東南、西南等方向延伸的長城，早在統一蒼帝統治此處的遠古之前，就已經是聞名世界的雄偉建築。

雖然朝治安良好的大陸西側綿延出去的長城，在日積月累之下已經明顯破損，但朝東方延伸的長城，則是因為至今仍擔心異民族的叛亂、會成為艾夫薩汗內亂火種的統一蒼帝，每隔幾年就會以大型公共工程的名義從大陸各地召集人手頻繁修繕，所以現在反而被當成更加堅固的城牆使用。

位於皇都郊外的農工區，又比中央區和民商區來得更加廣闊，這裡生產的農產品和工業製品不只皇都，還會流通到大陸各地。

鈴乃等人安置真奧的旅館，就位於比農工區還要更外圍的某個村落。從皇都往整個東大陸蔓延的幹道被稱為「皇道」，那間旅館就開在一個位於皇道附近、類似旅館街或衛星都市的地方。

在還沒確定會被丟下前，真奧看著皇都附近的地圖。

「這麼一想，電車和汽車還真是厲害呢……從這裡到皇都中央區，大概就和從京王八王子到新宿差不多吧？別說是半天，根本不用兩小時就能到了。當然一般也不會有人想從都心走路到八王子啦。」

艾伯特在聽了真奧的話後驚訝不已。

自從在宏發村的郊外與艾伯特會合以後，真奧、鈴乃與艾契斯至今的旅程皆十分順利。

多虧艾伯特準備的商隊馬車，真奧等人才得以在不被懷疑，並且絲毫沒消耗到事前擔憂的機車汽油的情況下，從宏發村抵達皇都・蒼天蓋的郊外。

畢竟艾伯特和真奧與鈴乃不同，活動起來完全不受任何限制。

鈴乃也曾經從惠美那兒聽說艾伯特有在幫忙聖・埃雷的重要人物——艾美拉達進行收集情報的活動。

然而艾伯特終究只是基於個人理由協助艾美拉達，既沒對聖・埃雷這個國家宣誓效忠，也不具備該國的國籍。

背後沒有來自政治或國家的束縛、實力在整個安特・伊蘇拉也稱得上是頂尖好手的他既習慣旅行，也擁有相當的財力。

此外他本人——

「我在討伐魔王的成員當中是最沒名氣的，所以收集情報時也比較不必費多餘的工夫。」

還說了這樣的話。

「勇者」艾米莉亞・尤斯提納自不待言，在西大陸第一強國「神聖・聖・埃雷帝國宮廷法術士」的艾美拉達・愛德華，以及自豪為全世界勢力最大宗教的「大法神教會最高幹部六大神官之一」的奧爾巴・梅亞等華麗的成員當中，艾伯特在民間流傳的資訊，就只有「北大陸樵夫」和「仙術道士」等難以捉摸的頭銜。

艾伯特本人無論是在旅行期間還是擊退魔王軍後，都沒有大肆張揚自己的背景，再加上他之後並未回到故鄉的北大陸，和其他三人相比，艾伯特．安迪的背景和經歷並未廣泛為安特．伊蘇拉的民眾所知。

拜此之賜，在收集情報時也不會產生不必要的偏差，也因為他本人的個性，才能在來到這裡的途中收集到相當精確的周邊情報。

「艾伯特先生，剛才那句話究竟是什麼意思？」

鈴乃將被繫在馬廄的馬身上的馬具調整成適合自己的尺寸，同時向艾伯特問道。

馬廄內的兩匹軍馬，也一樣是由艾伯特準備的。

這種馬擁有矮壯的體格和能負擔長途旅行的體力，並廣泛地被安特．伊蘇拉的商隊和騎士團利用。

既然真奧無法成為戰力，接下來就只有鈴乃和艾伯特能繼續前進，而艾伯特理所當然不會騎機車。

另一方面，鈴乃不但有騎馬的經驗，之後的行程也必須盡量不引人注目，所以兩人沒理由不利用馬匹。

儘管在從日本出發前曾被鈴乃指責沒騎過馬的真奧，又再度因此噘起嘴巴鬧彆扭，不過這又是另一件事情了。

「嗯？妳是指哪句話？」

艾伯特頭也沒抬便直接反問鈴乃。

「要魔王感謝千穗小姐和亞多拉瑪雷克，意思是……」

「喔，那件事啊。」

艾伯特一面確認自己的馬鞍和馬鐙，一面回答：

「雖然身為西大陸人的妳，聽了或許會感到不悅也不一定，但我打從一開始就知道魔王軍並非單純想要讓人類滅亡，也知道惡魔是能夠溝通的存在。」

「什麼？」

「我曾經是岳仙兵團的第十五任戰團長。」

「岳仙兵團的戰團長？是指僅從北大陸的少數氏族中，挑選精兵加入的岳仙兵團嗎？」

鈴乃露出驚訝的表情說道。

絕大部分的面積被山地覆蓋、擠滿許多少數民族的北大陸，並未發展出像東邊的艾夫薩汗或西邊的聖·埃雷那般擁有廣大國土的國家。

取而代之的是，這裡有無數領土遍布山區，或是沿岸與北部寒帶區的稀少平地的氏族國家，各氏族的代表設立聯合會議處理政事，以聯合國家的體制持續寫下歷史。

岳仙兵團，是集合各氏族國家中在法術或武術方面特別優秀的戰士，所組成的北大陸最強戰士團。

在北大陸面臨事關全境的緊急狀況時，兵團就會團結一致地設法解決，而每次編隊時，都會輪流從各氏族中挑選一名代表擔任戰團長。

艾伯特就是在北大陸歷史上第十五次面臨危機時，被選出來的戰團長。

岳仙兵團和其他大陸的騎士團最大的不同點，就是在氏族國家間產生糾紛時，同屬岳仙兵團的成員有可能會彼此戰鬥。

北大陸各國之間的關係，和其他大陸有明顯的區別。

首先第一個理由，在於單一氏族國家的人口極為稀少。

再來就是他們的國土氣候條件惡劣，少有適合農業的土地。此外各氏族國家間的領土邊界間隔遙遠，導致各氏族皆無法單方面地支配敵對氏族的土地與人民。

因此比起為了打倒敵對氏族而無意義地流血，他們透過公正的「比賽」來替戰爭做出了斷的特殊文化十分發達。

即使到了現代，在將無法靠國家間協議處理的問題當成「紛爭」解決時，基本上也都是讓隸屬岳仙兵團的強者們在規定的場所戰鬥，只不過現在已經很少會出現戰死者。

儘管歷史上也不是從來沒出現過伴隨殺戮的紛爭，但那些引發殺戮的氏族毫無例外地，都會被周邊的其他氏族蓋上「危險氏族」的烙印，並因遭到全方位的圍剿而徹底滅亡。

近年來，各氏族間都沒發生大規模的爭鬥，即使多少有些爭執，也都能透過在北大陸聯合首都菲恩施——通稱「山羊圍欄」的多民族都市舉辦的「比賽」或合議解決。

無論如何，北大陸各國的建國過程與其他大陸的國家截然不同是毋庸置疑的。此外由於每個氏族的文化型態皆不盡相同，因此擔任由各氏族精兵所組成的岳仙兵團之長的艾伯特，可說是擁有超乎其他大陸常識的將才。

「不過既然都被亞多拉瑪雷克軍輕易擊潰了，事到如今再說什麼氏族嚴選的精兵，也未免太丟臉了。」

「才沒有這種事……」

「總之我的第十五次岳仙兵團，在亞多拉瑪雷克軍入侵時被打了個落花流水，陣亡人數也是過去十五次編成中最高的。由於早已聽說中央大陸的慘狀，因此大家都做好了自己氏族可能滅亡的覺悟。就在這時候，亞多拉瑪雷克要求倖存的岳仙兵團戰士與有力氏族的領導者聚集到『山羊圍欄』。」

無論身高還是體格都比艾伯特大上兩三倍、擔任惡魔大元帥的牛頭槍戰士亞多拉瑪雷克，在集合了各氏族的領導者與倖存的岳仙兵團成員後說道：

『我等的目的並非殺戮。雖然能與魔王軍對抗的戰士必須被放逐到大陸外，但若各氏族的人民願意接受我等的支配，那我將保障各位的性命。』

身為戰團長的艾伯特當然打算乾脆拒絕這項提議。

然而亞多拉瑪雷克對血氣方剛的岳仙兵團成員們勸諫道：

『戰士們啊，只要留住性命，你們總有一天能再度和我交手。若認為現在挑戰必敗的戰鬥喪命，讓你們應該守護的人民面臨危險是戰士的義務，那你們和只懂得威嚇眼前對象的嗜血餓狼有何分別。若即使如此你們依然打算戰鬥，那我也不會阻止。你們就連累應該守護的民眾，一起成為我的槍下亡魂吧。』

當時也有不少人因為無法承受被惡魔指明敗軍生存之道的屈辱，而選擇自我了斷。

但就結果而言，亞多拉瑪雷克遵守了與各氏族間的約定，在岳仙兵團被解散、有力的戰士們被亞多拉瑪雷克軍的惡魔護送到國外後，北大陸這塊土地確實免於不必要的荒廢。

艾伯特這些兵團的戰士們也以和亞多拉瑪雷克再戰為目標，為了於國外東山再起而各自逃離到其他大陸。

然而艾伯特等人後來目睹的，卻是各大陸幾乎都已經遭到魔王軍支配的慘狀。

即使想要東山再起，可作為根據地的國家也早已被惡魔們納入支配，就連東大陸的艾夫薩汗、西大陸的神聖・聖・埃雷帝國，以及南大陸的哈倫王國這些原本被認為能和魔王軍匹敵的國家，也都已悉數遭到魔王軍的支配。

單純由各氏族戰士組成的岳仙兵團，並不具備組織性的外交能力，戰士們在各分東西後，

絕大部分的成員別說是返回北大陸了，就連擔任各大陸騎士團的傭兵都沒辦法，一直到後來勇者艾米莉亞解放了四個大陸，他們才得以再度團聚。

再度團聚時集結的戰士們，人數已經降到被放逐時的一半以下。

「我沒打算替魔王軍的支配說好話，但就結果而言，亞多拉瑪雷克遵守了與我的約定。據我氏族的領導者所言，雖然亞多拉瑪雷克毫不留情地處決了反抗者，但絕對不會平白無故的濫殺人民。」

「原來還發生過這種事……」

「在我與艾米莉亞、艾美和奧爾巴，一起再度和亞多拉瑪雷克對峙時也一樣，因為這對我來說是復仇戰，所以我本來打算獨自和他對決。結果妳猜怎麼著？亞多拉瑪雷克那傢伙，居然拒絕和我單挑。還說什麼『如果你們人類會因為廉價的自尊失去冷靜而落敗，那將永遠無法逃離我們的支配』。結果我一直到最後，都沒能靠自己的力量超越他。」

艾伯特的表情既不後悔也不憤怒，只剩下對戰鬥的記憶。

「那傢伙既不是惡魔，也不是戰士。他只是為了該做的事情捨棄感情，並知道需要具備什麼條件，才能率先走在別人前面而已。最適合他的稱呼，應該是『政治家』吧。他在人格方面，和依靠廉價的自尊戰鬥的我完全不同。雖然用人格來形容惡魔也有點怪怪的。」

「不，最近似乎沒那麼奇怪喔。」

鈴乃握住韁繩將馬拉出馬廄，回頭看向旅館。

「說得也是。」

艾伯特也循著那道視線望去，然後抬頭笑道。

人格經常獲得好評的魔王，正不滿地待在這棟旅館裡。

「那樣的亞多拉瑪雷克所服從的魔王撒旦，不可能單純只是個嗜血的魔物。南大陸和西大陸的平民之所以傷亡慘重，或許是因為沒有手下留情的餘裕吧。因此當理應非常憎恨魔王的艾米莉亞，說要暫時放日本的魔王一條生路時，我覺得留段時間觀察他們的生態也無所謂。觀察那些叫『惡魔』的傢伙，究竟是什麼樣的存在。」

「我最近也經常在思考這件事情。」

鈴乃回想起在出發前往安特．伊蘇拉前得知天使的真面目，亦即他們的本質和人類相同時的事情。

還有在與艾伯特會合的前一天，於宏發村郊外進行的背靠背的對話。

那段以和人類國王相同的精神領導民眾的真奧，所做出的告白。

「…………唔。」

「怎麼了？」

艾伯特因為看見鈴乃突然低下頭而感到困惑。

「沒、沒事，沒什麼。」

為了打消突然產生的動搖，鈴乃刻意用力搖頭回答。

為什麼自己會採取那樣的行動呢？

就算理解惡魔，到頭來安特・伊蘇拉的整體意見還是絕對不可能偏向原諒魔王撒旦與魔王軍，就算理解真奧內心深處的想法，對鈴乃也不會有任何好處。

然而即使如此，她還是不知不覺間在能夠感受真奧體溫的地方，聽了真奧發自內心的告白，並將那段話收進心底。

此外她不僅一點都不覺得不快，甚至還在心裡某處感受到一股暖意。

鈴乃確實是發自內心，想要釐清對真奧和魔王軍的行動所抱持的疑問。

話雖如此，她應該也沒必要身體力行到那種程度。

感覺之前靠在真奧身上的背突然開始發熱的鈴乃，慌張地搖頭說道：

「……艾伯特先生。」

「嗯？」

「若將對方視為一個擁有意志的存在，你對亞多拉瑪雷克有什麼想法？」

「一個擁有意志的存在？」

「嗯，換句話說……」

身為一個安特．伊蘇拉人，問這個問題可說是極為不得體。

然而即使如此，為了正確傳達自己的疑問，鈴乃還是只能這麼說明：

「你覺得亞多拉瑪雷克是個什麼樣的『人』？」

這個問題，讓艾伯特露出暢快的笑容。

「妳真是個有趣的人。就連艾美都沒和我聊過這種事呢。」

那張笑臉，顯示他完全理解鈴乃內心的糾葛。

因為艾伯特本人，正是對自己認識的惡魔大元帥亞多拉瑪雷克，和民間對魔王軍的印象之間的落差感到疑惑的其中一人。

「要是被別人知道會很麻煩，所以妳要保密喔。」

艾伯特語氣輕佻地笑道：

「無論是作為一名戰士，還是作為一名領導士兵和民眾的人，亞多拉瑪雷克都是我的理想。若那傢伙是人類，而且早三百年出現在北大陸，或許北大陸現在也會有個像艾夫薩汗或聖．埃雷那樣的大國也不一定。」

「……這樣啊。」

鈴乃像是受到艾伯特的笑容影響般，也跟著輕輕微笑點頭。

「那麼，接下來要怎麼辦？從妳剛才和魔王的對話來看，妳似乎有什麼計策。」

關於過去的回憶，就這樣暫且告一段落。現在必須將注意力放在即將來臨的戰鬥上才行。

鈴乃輕輕點頭，然後再度回頭看向旅館。

「如今魔王無法使用艾契斯的聖劍，所以我們很難靠正面突破這種大動作的方式搶回艾米莉亞和艾謝爾。既然如此，就只好先暗中確保另一個人物，讓艾米莉亞所在的義勇軍失去進軍的理由了。只要能避免義勇軍和皇都軍的激烈衝突，艾米莉亞和艾謝爾就沒有戰鬥的必要，我們也能藉此爭取時間思考下一個拯救他們的對策。」

另一方面，或許真奧能利用這段多出來的時間，找到驅使艾契斯的力量和恢復魔力的手段也不一定。

當然如果事情發展成長期戰，就會遠遠超過真奧希望的一個星期，不過東大陸的安寧與惠美、阿拉斯·拉瑪斯和蘆屋的安全是無可取代的。

「喔？妳打算怎麼做？」

「就讓你見識一下，我們為何會被稱作『教會狂信的暗部』吧。」

鈴乃漂亮地回答艾伯特半開玩笑的諷刺，然後戴上一個從法衣的下襬取出、足以遮住臉下半部的面具。

「我們要比義勇軍先進入皇都中央區。作戰目標有兩個。那就是從現在開始的半天內，找出統一蒼帝和諾爾德·尤斯提納的所在地。諾爾德的安危無疑是艾米莉亞內心的枷鎖，而統一蒼帝的存在則是義勇軍進軍的理由。如果情況允許，我希望能讓那兩人脫離天使或馬勒布朗契的掌控。光是這樣，就能迴避大規模的戰爭。」

「什麼……？」

即使是艾伯特，也難掩對這項提案的驚訝。

「妳想從變成馬勒布朗契巢穴的蒼天蓋綁架統一蒼帝嗎？雖然不是不可能在半天之內完成，但這樣可是會完全沒有休息的時間喔？」

「如果是我們就辦得到。」

鈴乃若無其事地點頭，她靈巧地掀起長法衣的下襬，跳上馬鞍。

在白天耀眼的陽光下，兩匹馬從陰暗的馬廄中奔馳而出，馬鞍上的鈴乃暗暗下定決心，握緊韁繩。

「惡魔也好，人類也好，我已經受夠大家在莫名其妙的狀況下爭鬥了。無論如何，都要在艾米莉亞和艾謝爾開啟戰端前將統一蒼帝交給義勇軍，避免兩軍開戰。」

※

真奧從窗口目送鈴乃和艾伯特瀟灑地騎馬離去，以彷彿要將窗框咬壞般的力道咬緊牙關。

現在的自己確實只會扯兩人的後腿，暫時脫隊也只能說是妥善的決定。

即使真奧和艾契斯曾在日本的戰鬥中，施展出既非聖法氣亦非魔力的壓倒性力量，但自從來到安特．伊蘇拉後，不只是那股神祕的力量，真奧就連自己原本的魔力都沒恢復，而且一旦想使用艾契斯的力量，身體馬上就會出現不適。

「雖然這次只好先退出，但一直留在這裡發呆也不是辦法。」

不過真奧當然不能只顧著休息，而放著目前的狀況不管。如果無法查明發生在真奧身上的異狀，不僅會影響這次救援行動的成敗，還會替未來留下無窮的不安。

若將來回到日本後又發生了什麼麻煩，誰也不能保證到時候自己能取回足以對應的力量。

不只是之前擊退卡邁爾和利比科古的神祕力量，真奧就連魔力都沒恢復，儘管只是推測，但他還是想到了幾個可能的原因。

首先是與艾契斯的融合。這是過去的真奧和現在的真奧之間最明顯的差異。

至於另一個差異，就是這裡並非日本（地球）。

雖然就算知道這些也無法採取什麼對策，但真奧還是持續思考。

「那股力量，究竟是怎麼回事？」

真奧回想起在笹幡北高中的戰鬥中施展的那股既非魔力、亦非聖法氣的力量，一股無法抹去的不安和後悔，讓他再度敲打窗框。

或許是對那道聲音產生反應，一如往常睡得無憂無慮的艾契斯，嘟囔似的說起夢話：

「……姊姊……妳看……是黑毛和牛……」

「我可是絕～～對不會讓妳吃那種東西。」

原本認真煩惱的真奧，在被艾契斯充滿赤裸裸慾望的夢話打斷集中力後，用力嘆了口氣。

「喂！起床了，艾契斯？」

「哇呀？」

真奧卯足全力，用枕頭拍醒艾契斯。

「噗嚇噗嚇嚇嚇嚇我一跳……真、真奧，你幹什麼啦！難得我夢到自己在吃伊比利豬的醃燻肉耶！」

「妳真的有吃過嗎？我可不認為諾爾德會讓妳吃那麼好的東西！」

真奧無視睡醒前和睡醒後菜單不同的艾契斯，將她拉了起來。

「喂！我們該去訓練了！」

「咦？訓練……你還吐不夠啊？」

「女孩子別隨便說出這種話啦！就是因為不想再那樣，才要為了找出原因而訓練啊！」

雖然真奧對艾契斯表現出非常積極的態度，但實際上在抵達這棟旅館前的那兩天，他已經吐過就算讓艾契斯說出這種話也不奇怪的次數。

「唉～要訓練是無所謂啦。不過我和真奧一樣，非常疲累耶。」

「嗯？」

艾契斯跳下床後，一臉不滿地用力伸了個懶腰。

「我的身體也跟你一樣狀況不好。尤其是肚子餓得要死。或許是因為真奧的力量原本就不是聖法氣，所以適應起來也比較辛苦，真希望你能多體貼我一點。」

雖然被在這趟旅程中吃得最多、睡得最多、又過得最為享受的艾契斯這麼說，實在讓真奧難以釋懷，但既然自己的身體都產生了這麼大的變化，那就算艾契斯身上跟著出現什麼異常也不奇怪。

「……我知道了啦，是我不好。」

真奧對自己一時激動吵醒艾契斯道歉，但還是表情複雜地說道：

「話雖如此，我也沒辦法就這樣照鈴乃和艾伯特的吩咐，乖乖待在這裡。我可以邊吃飯邊問妳一些問題嗎？」

「嗯？鈴乃和艾伯特跑去哪裡了？」

直到此時才發現兩人不在的艾契斯環視周圍。

「他們留下我們先走了。不過這樣下去一定會發展成長期戰。妳也想早點見到阿拉斯・拉瑪斯吧？把妳的力量和智慧借給我。不然即使後來參戰，我們也無法確保彼此的安全，特別是我會被打工的地方開除。」

真奧能親自來到安特．伊蘇拉的時間只有一個星期。

而那同時也是他打工請假的天數。

一旦超過這個時間，就會從原本的臨時請假變成無故缺勤，這麼一來他絕對會丟掉日本的工作。

這對真奧而言，是絕對不能發生的事情。

「咦？我們被『釣(丟)』下不管了嗎？真過分！」

「…………唉，總之先去吃飯吧。」

真奧懶得吐槽一臉憤怒的艾契斯，直接拉著她的手前往旅館附近的食堂。

「說起來，我原本就想請妳從頭開始說明，為什麼妳和阿拉斯．拉瑪斯要和我們融合？」

「天曉得？啊，真奧，幫我拿那個燉菜的盤子。」

「唔……」

真奧原本是想問直逼核心的問題，但艾契斯卻以比接過燉菜的盤子還要輕鬆的態度敷衍過去。

「……我說啊。」

真奧板起臉看著艾契斯的嘴巴周圍，因為她大口吃下用類似南瓜的蔬菜燉煮的料理而逐漸弄髒，或許是從眼角發現了這點，艾契斯也跟著皺起眉頭。

「真奧，要是你以為凡事都能輕易獲得答案，那就大錯特錯了。」

「啊啊？」

「我也不知道喔，無論是為什麼能跟爸爸和真奧融合、為什麼需要融合，還是為什麼融合後能做出那樣的事情，我全都不知道呢。」

吃著由根莖類蔬菜燉煮而成的料理，艾契斯難得說出條理分明的話。

「不過，妳不是有提到什麼『憑依（宿木）』……」

雖然時機已經有點晚了，但真奧還是試著確認艾契斯在笹幡北高中校門口無意間說出的詞彙意思。

「真奧，你是什麼時候知道『吃飯』這件事叫做『吃飯』的？」

「啊？」

「你覺得小孩子是在心裡想著『我要吃飯』的情況下吃飯的嗎？」

「嗯？嗯嗯？」

無法理解艾契斯想說什麼的真奧，露出困惑的表情。

不過困惑歸困惑，真奧依然沒漏看艾契斯一臉認真地將沙拉碗和裝了包子的大盤子拉向自己的動作。

「從做那件事，到依照自己的意志去做那件事情、知道那個行動被稱為『吃飯』，以及知道『吃飯』會發生什麼事情，需要一段很長的時間。我雖然知道能跟爸爸和真奧融合，知道那大概對我的生存來說是必要的，並且知道那被稱為『宿木』，不過還不曉得做那種事情會發生什麼事情。恐怕我的同伴們也都不知道吧。」

「同伴？」

感覺話題的方向似乎有些偏離的真奧，稍微往前探出身子。

「你沒聽姊姊提過嗎？像是『王國』或是『嚴峻』的事情？」

「喔……果然其他質點也像妳、阿拉斯・拉瑪斯和伊洛恩那樣，擁有人類的形態嗎？」

「你認識伊洛恩嗎？真令人驚訝。」

即使驚訝依然持續將包子往嘴裡送的艾契斯接著說道：

「『王國』是我們當中頭腦最好的。不但和姊姊感情很好，也教了我許多事情。就連『宿木』這個詞，我也是從『王國』那兒聽來的。」

「……那些傢伙現在在哪裡？」

對真奧而言，這件事也很令人在意。

不只是阿拉斯．拉瑪斯、艾契斯．阿拉和伊洛恩這些實際出現在眼前過的例子，阿拉斯．拉瑪斯也經常提起「王國」的名字。

若除了「基礎」、「嚴峻」和「王國」以外，還有許多質點也化成了人形，那他們或她們果然分散在世界各地囉？

還是說四處分散的只有碎裂的「基礎」，其他質點都待在某個特定的場所呢？

「……我不知道。我最後一次和他們說上話，已經是很久以前的事了……」

「就算妳露出傷心的表情，我還是沒辦法同情妳這副像松鼠一樣把食物塞滿嘴的樣子。」

艾契斯兩手各自拿著包了不同內餡的包子，沮喪地交互吃著。

無論如何，既然連艾契斯都不知道質點們的下落，那真奧再怎麼想也沒用。

「不過，我說啊。」

「嗯？」

真奧吸吸鼻子，像平常對待阿拉斯．拉瑪斯那樣從桌上探過身子，輕輕拍了幾下艾契斯的頭。

「我們已經來到只差一步就能見到阿拉斯．拉瑪斯的地方了，所以得好好努力才行。」

「哼……居然來這招。」

艾契斯有些不滿地說道，然後一口氣把雙手的包子塞進嘴裡。

「真拿你沒辦法，雖然我可以陪你訓練，但我肚子真的很餓。我還要再吃十個包子！不然會使不出力氣！」

「喔……什麼，十個？」

真奧驚訝地看向自己的盤子。

艾契斯剛才吃的包子裡包的內餡，是由肉、蔬菜和冬粉等加工食材切碎再經過湯頭調味製成，算是分量非常大的包子。

雖然真奧也承認那很好吃，但仍舊是一個似乎就能抵上兩碗飯的碳水化合物集合體。

坦白講，光是艾契斯能同時吃兩個就已經夠讓人驚訝了。

真奧自己在配沙拉和湯吃時，最多也只能吃一個半。

而既然有這個尺寸和味道，價格當然也不便宜。

「……唉，雖然錢應該是不至於不夠。」

真奧一想起藏在連帽衣底下皮袋中的盤纏，就憂鬱了起來。

姑且不論該付多少錢，這些錢原本就是鈴乃的錢。

當然在這次的安特·伊蘇拉親征結束後，惠美和諾爾德應該都會平安無事，所以只要最後向他們請款就好。

不過真奧的自尊，實在不允許自己做出這種類似完全沒提供任何解決問題的幫助，就拿著

擅自吃吃喝喝的收據向公司經理請款的事情。

「天下沒有白吃的午餐。」

這是在真奧心中根深柢固、絕對不可能動搖的鋼鐵之楔。

完全不工作只靠女人的錢悠哉地吃喝玩樂，無論是作為魔王，還是作為一個男人，都是絕對不被允許的事情。

「……我的訓練可是很嚴厲的喔。」

真奧以彷彿從腹部深處發出的低沉聲音說道，艾契斯點點頭——

「喔！大叔！再來十個包子！」

然後向正好經過的男老闆說道。

「用日語說有什麼用。呃……（老闆，麻煩再給我十個這種包子。）」

真奧沒用「概念收發」，直接用以前學會的亞煌語生澀地點菜，但看來對方還是聽懂了。

「（……十個？是你要吃的嗎？）」

老闆驚訝地看向真奧。

「（雖然難以置信，不過是這孩子要吃。她好像很喜歡這道菜。就算要等一下子也沒關係，拜託你了。）」

老闆訝異地看向艾契斯，在見到後者遊刃有餘的表情後，目瞪口呆地點頭回答：

「（就連我家那大胃王的兒子，也沒辦法一次吃這麼多。好，妳等等。）」

說完後，老闆走回廚房，接著不到五分鐘就回來了。

真奧雖然嚇了一跳，但若仔細觀察廚房，便能發現裡面疊了許多散發刺激食慾蒸氣的大型蒸籠。想必有一定的數量早就事先準備好了。

「（如果吃不完，我再幫你們打包帶走。）」

被老闆用大盤子端來的十顆包子，疊起來就像雪國的雪屋一般。

「真奧，那個大叔在說什麼？」

「大概是如果吃不完，會幫我們打包之類的吧。」

「……哼哼。」

真奧轉達老闆的話後，艾契斯露出無畏的笑容。

「我要讓他後悔小看我！」

下一個瞬間，艾契斯露出餓狼般的眼神，對包子雪屋發動攻勢。

「唔噗，我吃不下了。」

「妳真的是個令人遺憾的傢伙耶！」

艾契斯在吃完七個包子後，總算宣告放棄。

因為艾契斯平常就很會吃，所以真奧原本以為她會像漫畫裡的大胃王角色般，輕鬆解決多到恐怖的包子，不過在吃到第四個時，女孩的速度便明顯開始減弱。

到最後她只吃完十個中的七個。

考慮到艾契斯纖細的身材，這樣已經算是吃得非常多了，但明明吃之前才誇下那麼大的海口，無法否認這結果實在令人感到遺憾。

而更讓真奧受到打擊的是，艾契斯加點冷水起來毫不手軟。

雖然艾夫薩汗算是水資源十分豐富的土地，但店家提供的飲用水絕對不像日本那樣是免費的。

比起包子，加點水的次數更讓真奧感到心情沉重。

儘管已經確認過很多次了，不過真奧和艾契斯現在的飲食費，全都是由鈴乃負擔。

「（……不好意思，剩下的我們要帶回旅館吃，可以幫我們打包嗎？）」

真奧語氣苦澀地對老闆說道，後者也稍微放鬆原本嚴厲的表情點頭回答：

「（沒關係啦。這麼嬌小的身體居然能吃得和我兒子一樣多，真是了不起。她的吃相很豪邁呢。）」

雖然對稱讚的人不好意思，但真奧一點都不覺得高興。

如果讓艾契斯在吃了那麼多東西後運動，即使撇開什麼聖法氣、聖劍、魔力、安特・伊蘇拉或宿木的謎團不談，按照生物的法則，她也一定會吐。

考慮到吃完飯後必須讓她休息好一段時間，就讓原本便擔心時間不夠的真奧煩惱不已。

就在這時候——

「？」

真奧因為店外連續傳來類似爆炸的聲音而抬起頭。

「唔嘎……？」

艾契斯也發出彷彿雪山的巨大類人猿般的聲音，看向跟真奧相同的方向。

「（喔，那是驅魔的鞭炮聲。）」

或許是注意到兩人的反應，同樣看向窗外的老闆對真奧等人說明道。

「（本來以為皇帝陛下前陣子才向全世界宣戰，結果不但惡魔再度潛入蒼天蓋，就連斐崗也跑出了叫什麼義勇軍還討伐軍的組織。好不容易才恢復安定的國家再度崩壞，讓大家都變得很不安。明明這原本應該是在年初時，為了祈求一年的和平所放的東西。）」

「（……喔。）」

從名叫斐崗的港灣都市起兵的軍隊被稱為「斐崗義勇軍」，且他們似乎正為了解放蒼天蓋而行動，在整合了一開始從加百列那兒聽來的話和至今所蒐集的情報後，真奧等人也掌握了相關的情報。

然後關於「勇者艾米莉亞」加入了那個義勇軍的情報，也已經傳入真奧和鈴乃的耳裡。

不過就像宏發村的餐廳老闆娘所說的那樣，整個艾夫薩汗都流行著一種奇妙的厭世觀，無論支配者是統一蒼帝還是馬勒布朗契，平民的生活都不會有什麼太大的變化。

「（……你希望這個國家變得怎樣？）」

「（這個嘛。只要別變得將來沒飯吃就好。）」

「（這樣就好了嗎？）」

「（其他就沒什麼好期望的了。這裡就是這種國家。雖然八巾到處散播大陸東部的異民族，打算趁這場混亂策劃政變的消息，但也不知道能相信到什麼程度。）」

老闆聳聳肩，收走裝了艾契斯剩下的包子的盤子。

「（稍等一下，我幫你們打包。）」

老闆結束陰暗的話題，走回廚房。

真奧以視線追著他的背影，輕輕嘆了口氣後說道：

「治理國家真是件困難的事情。」

自從公寓有了電視後，真奧偶爾看的新聞節目裡也常提到關於日本以外國家的話題。

每當看見這些大大小小的問題，他都會思考自己的目標——「被自己征服後的世界」會是什麼樣子。

若真奧真的建立起如同他向鈴乃告解的那樣的國家，他是否有辦法讓屬下的惡魔，以及被置於惡魔底下的人類們「將來有飯吃」呢？

「（拿去吧。另外因為我很佩服她能吃這麼多，所以我少算你們一個的錢。）」

老闆回來後，手上多了個紙袋和一個將許多紅色的小型條狀物串在一起的東西。

「（這就是剛才在外面響的鞭炮。你們是和大法神教會的祭司一起住進街角那間旅館的旅人吧？雖然作為旅行的土產有點危險，不過在這個國家可是吉利的東西。如果不嫌棄，就請收下吧。）」

「土產……啊。」

真奧以日語說完後，輕輕行了一禮收下紙袋和鞭炮。

「喂，艾契斯。」

「嗯？什麼事？我沒辦法馬上訓練喔……」

「這我知道啦。不過散步應該沒問題吧。就當作幫助消化，我們出去走一走吧。」

「我是無所謂啦……唔噗，要去哪裡？」

真奧表情複雜地看著手中的紙袋與鞭炮說道：

「去買東西。」

※

「咦？你真的要去買東西啊……唔噗。」

摸著鼓起的肚子跟在真奧後面的艾契斯，在看見真奧真的走進街上的雜貨店時嚇了一跳。

「反正也沒其他事情做。那我可不想浪費時間。」

「唉，我是無所謂啦……這裡是哪裡？」

真奧挑的似乎是一間賣布料與傳統工藝品的雜貨店。

既然叫土產店，自然不會主打華麗，店裡賣的幾乎都是實用的雜貨。

即使如此，店內還是擺滿了布匹、服飾、餐具與雕刻品等商品，看起來有點像是百貨公司的一個區塊。

「真奧，你想買這種東西啊？總覺得和你的形象不太搭調呢。」

艾契斯從架子上拿起一個有小鳥裝飾的木製置物盒。

話雖如此，這盒子的尺寸也讓人煩惱究竟裡面能裝得下什麼東西。

「用那個來裝汽油如何？」

「最好是能裝啦！」

艾契斯接下來改指向一個有水鳥裝飾的水瓶。

「喔，這個感覺不錯呢。喂，艾契斯，妳幫我拿一下這個。」

「嗯……嗯嗯……嗝噗。」

從真奧那裡接下包子和鞭炮後，艾契斯一看見真奧拿在手上的東西便困惑地說道：

「雖然我也才剛出生沒多久，所以不是很清楚，但那種東西應該是給女孩子用的吧？」

真奧拿在手上的，是一個有花和鳥圖案的淡粉紅色小手袋。

兩隻擁有美麗羽色的小鳥依偎在開花的樹枝上，表面還用亞煌語寫了象徵吉祥的文字。

無論怎麼看，這設計都不像真奧會用的東西。

「又不是我要用的。是要拿來當土產啦。」

「土產、土產……喔，原來是土產啊。」

「是要送小千的。」

「送小千土產……？真奧，雖然我沒什麼資格說這種話，但現在是做這種事的時候嗎？」

「我確實是最不想被妳這麼說呢！」

真奧回頭對艾契斯露出僵硬的笑容，將手袋放回架子上。

「髮簪似乎比較符合鈴乃的印象，而且有點貴。啊～不過小千感覺會喜歡這種梳子……嗯，這也很貴。」

真奧輕聲嘟囔著看向其他架子。

「回去後還得辦生日派對呢。」

「生日派對？」

「小千和惠美的。」

「是嗎？惠美就是那個和姊姊融合的人吧？」

艾契斯本人雖然沒見過惠美，但從遇見真奧到至今的旅途中，便經常聽見這個名字出現在對話裡，因此她大概知道對方是誰。

反過來說，在遇見真奧之前，諾爾德應該很少對艾契斯提起自己女兒的事情。真奧沒來由地覺得在順利救出諾爾德後，這對父女將針對這部分發生爭執。

「嗯，其實原本在遇見妳和諾爾德那天的前幾天就要辦了。都怪惠美那個笨蛋搞出這些事，才一直延期。因為還有其他很多事要忙，所以到最後什麼都還沒準備。」

仔細想想，距離決定舉辦派對那天，已經過了好一段日子。

真奧在千穗生日時，連一句祝福的話都沒對她說。不過那時一來是不得已，二來當時的氣氛也不適合。

不只如此，雖然是中了鈴乃的計策，他還是在預定舉辦派對的當天，不必要地傷害了擔心惠美的千穗。

就連真奧本人，也意外地對這件事情感到後悔。

自從得到關於惠美行蹤的情報後，真奧就急著和鈴乃進行前往安特．伊蘇拉的準備，他甚至還在出發當天，在千穗面前坦承自己忘了為千穗和惠美的慶生派對準備禮物。

這下就算被鈴乃說是「壞男人」，他也無法反駁了。

不對，與其說是壞男人，不如說是沒用的男人。

「就只有小千，我不想讓她感到悲傷。」

留在日本的千穗即使每天都受到不安的煎熬，一定還是會努力打起精神度過每一天。

所以真奧是衷心希望在回到日本後，能好好彌補這幾個星期的分，讓她展露笑容。

「……嗯？」

真奧看起來正開心地挑選送千穗的土產，看著那道背影的艾契斯突然感到有些不對勁，將手抵在自己的額頭上。

她並不是因為吃太多而發燒，在真奧剛才提到千穗的事情時，艾契斯不知為何覺得額頭深處似乎發熱了一下。

艾契斯用自己的手指戳了幾下額頭，還是無法消除這股奇怪的感覺，於是她放棄地聳肩。

「所以真奧打算用鈴乃的錢買千穗的禮……好痛！」

艾契斯和平常一樣在沒什麼惡意的情況下，坦白但確實地戳中真奧的痛處，害真奧反射性

地揹了她一下。

「這部分的錢，晚點我會從自己的錢包拿日幣出來補啦！」

「嗚嗚～真奧還是別動不動就這樣比較好喔……會被當成暴力男喔…………咦？」

因頭頂的疼痛而淚眼盈眶的艾契斯，像是突然想起什麼似的抬頭望向真奧：

「你也要送那個叫惠美的人禮物嗎？惠美是女孩子吧？」

「嗯？」

「呃，慶生這種事，應該是為了重要的人舉辦的吧？我知道千穗和鈴乃都是重要的朋友，但那個叫惠美的人也一樣嗎？」

「姑且不論鈴乃重不重要……這些奇怪的話……是諾爾德告訴妳的嗎？」

真奧不認為艾契斯原本就了解日本關於生日方面的文化。這麼一來，應該就是她身邊的某人，或是有人這幾天在真奧不知道的地方湊巧告訴她的吧。

「這是一個以前照顧過我和爸爸，叫佐藤的人告訴我的。我們的假名，也是跟那位大叔借來的。」

「是是是，妳說得沒錯。」

真奧嘆了口氣後，放下原本拿在手上的木雕紙鎮。

「畢竟到時候小千也會在，所以惠美的禮物，比較像是迫於無奈。如果我沒準備惠美的禮物，總覺得小千一定會生氣……不、不對，她應該會覺得難過吧。」

「喔？為了討千穗歡心，所以也要送惠美禮物嗎？真奇怪。」

「因為小千和惠美感情很好啊。倒不如說，小千總是想找機會增進我們這些惡魔和惠美與鈴乃她們的感情。至少在日本這段期間，惹惠美和鈴乃生氣也沒什麼好處，所以這有點像是為了小千，只好無奈地順便關心惠美的感覺。」

「哼……女人心還真是難懂。」

艾契斯一臉得意地將手臂交叉在胸前，然後像是想起什麼似的拉住真奧的手。

「那到頭來，惠美對真奧來說究竟是什麼樣的人？」

「這個嘛。雖然因為中間夾了個阿拉斯．拉瑪斯所以有點複雜，但就我個人而言……」

真奧輕輕點頭。

「果然還是稱她為對手最貼切。」

「對手？」

艾契斯皺起眉頭。

她應該不是聽不懂這句話的意思，而是無法猜透真奧的真意吧。

真奧苦笑地低頭看向一臉困惑的艾契斯，然後走到陳列餐具的架子前面。

「惠美跟我一樣、或甚至比我更強，而且還是唯一在知道我的真面目後，依然能用對等、

或甚至居高臨下的視線看待我的人。此外，雖然我不知道她本人有沒有發現，但她擁有一切我沒有的東西，讓我好幾次都覺得很羨慕。我不想輸給她，所以用對手來形容她應該最正確。那傢伙也經常稱呼我為宿敵呢。」

「嗯～不過這樣你還是要幫她慶生和送她禮物啊～我果然還是搞不懂。」

艾契斯認真地露出困擾的表情，開始以雙手抱著胸口擺動身體，既然艾契斯沒親眼見過惠美，那麼就算繼續說下去也沒意義。

真奧結束話題，將視線移向陳列商品的架子，在注意到某樣物品後睜大了眼睛。

「喔，這看起來不錯呢？」

真奧拿起放在餐具區角落的那項物品仔細端詳，接著發現那東西不只一種種類。

「聽說送這類東西給別人很吉利呢。」

這些木製品似乎都是手工製作的工藝品，除了這間店裡原本就很多的鳥和翅膀的題材外，還有許多印有酒杯、馬蹄鐵、花朵或星星圖案的東西。

「喂，艾契斯，這個應該不錯吧?既是實用品，設計也很可愛，而且就算用不到，收起來也不會太麻煩。」

「我是不太清楚啦，不過大概不錯吧……嗯。」

艾契斯敷衍的贊同讓真奧下定決心，開始挑選。

「小千的圖案果然還是選花好了。至於惠美……這看起來沒有很貴，還是連阿拉斯・拉瑪斯的分一起買比較好……我記得阿拉斯・拉瑪斯喜歡鳥，就選鳥好了。」

比起惠美，更在意阿拉斯・拉瑪斯的真奧拿起三個「商品」。

「（請幫我分別把這個，和另外兩個包起來。）」

真奧選好後，便將商品帶到老闆那裡結帳。

儘管有點不合時宜，但真奧仍舊因為總算勉強有臉面對千穗而感到一股成就感。

「那麼，喂，艾契斯。妳的肚子也差不多好……咦？」

真奧一回頭，就發現艾契斯變得臉色蒼白。

她不僅視線渙散，呼吸也變得急促混亂。

真奧見狀，馬上產生了不祥的預感。

真奧收下包裝難稱精緻的「商品」並確實收進上衣口袋，同時扛起艾契斯衝到店外。

「喂！再稍微忍耐一下！別在大馬路上做出那種事啊！」

然而殘酷的是，真奧的願望終究還是落空了。

「唔噁嘔嘔嘔嘔嘔嘔……………」

「唔哇啊啊啊啊啊啊啊啊啊啊啊啊！」

兩件事情同時發生，讓真奧發出慘叫。

這些事並非發生在剛才的雜貨店內，算是不幸中的大幸。

首先是艾契斯在真奧的肩膀上吐了。

艾契斯之前吃了明顯超出自己食量的餐點，因此身體過了一段時間後無疑會產生拒絕反應，將超出極限的分量徹底從體內排出，這點倒是還能接受。

然而更嚴重的是，艾契斯的額頭幾乎同時朝地面放射出紫色的光芒。

「喔喔喔喔喔喔喔？」

雖然有經過鋪裝，但這裡的路面當然不可能像日本那樣鋪設混凝土，而土壤直接裸露在外的地面，就這樣被從艾契斯的額頭射出的光芒，打穿了一個足以容納少女本人的大洞。

真奧慌張地抓住艾契斯吊帶褲的肩帶避免她掉下去，但那道紫色的光芒似乎具備實際的推力，居然直接如同火箭般，開始將艾契斯和抓著她肩帶的真奧一起抬到了空中。

「怎麼可能……哇？」

真奧慌張地大喊，但已經太遲了。

在聽見爆炸聲跑出來確認情況的居民中，也包含了剛才那間餐廳的老闆，而他正目瞪口呆地仰望神祕的少女火箭飛向藍天。

然而由於那艘火箭的母船部分正一面浮在空中，一面將塞了太多東西的胃內容物化為嘔吐物四處噴灑，讓場面變得一發不可收拾。

「喂！艾契斯！怎麼了？發生什麼事了？」

抓著艾契斯的肩帶、被吊在空中的真奧朝少女呼喊，但後者只是一臉茫然地持續呻吟。

就在這段期間內，兩人下方已經變得一片混亂，一下是剛才那些驅魔用的鞭炮開始響起，一下是常駐街上的鑲紅巾士兵急忙衝向這裡，甚至還有人開始合掌參拜他們。

「怎麼了怎麼了，為什麼突然變成這樣？」

姑且不論嘔吐這種生物的自然現象，那道紫光明顯是源自「基礎」碎片的反應。

雖然在這極限外加莫名其妙的狀況中，確定了艾契斯的碎片和阿拉斯·拉瑪斯一樣都是位於額頭上，但真奧明明什麼也沒做，「基礎」碎片卻依然產生如此強大的反應就表示……

「可惡……鈴乃和艾伯特那傢伙，該不會失敗了吧？」

不管怎麼想，這一定都是現在位於皇都或該處附近的阿拉斯·拉瑪斯帶來的影響。

既然艾契斯這邊出現如此強烈的反應，就表示阿拉斯·拉瑪斯陷入了必須發揮相當力量的狀況。

真奧唯一想得到的可能性，就是惠美正使用聖劍和大天使等級的強大敵人戰鬥。

「喂，艾契斯！振作一點！總之我們先下去……」

「唔噗！」

「啊，喂？」

此時浮在空中的艾契斯，突然用雙手摀住嘴巴。

「住、住手！要是在這個高度做出那種事……！」

雖然真奧擔心艾契斯身為女性的尊嚴，以及她會對底下進行地毯式轟炸，但艾契斯總算是忍住了。

取而代之的是——

「唔哇啊啊啊啊啊啊啊啊啊啊啊啊啊啊啊啊啊啊啊………」

從少女額頭放出的光芒瞬間變強，真奧無法放開抓著艾契斯的手，兩人就這樣宛如失控的火箭般邊旋轉邊劃過城鎮上空，然後墜落到城鎮外圍的防洪池內。

※

就在真奧和艾契斯發射火箭的稍早之前。

「……意外地沒什麼了不起的呢。」

艾夫薩汗皇都民商區的丘陵上設了一個營帳，惠美從那裡眺望清楚地浮現在東方地平線上的蒼天蓋天守，並喃喃自語道。

「妳是指？」

站在一旁的奧爾巴聽見後，便轉頭問道，惠美聳肩回答：

「蒼天蓋。儘管是號稱足以覆蓋寬廣天空的美麗城池和城鎮，而且我第一次來時也是這麼想的。不過現在重新一看，便覺得其實沒那麼漂亮。」

「是這樣嗎？雖然由我來講有點不太適當，但若西大陸最高的建築是聖．因古諾雷德，那東大陸應該就是蒼天蓋了。」

奧爾巴說得沒錯，即使是從非常遙遠的距離觀看，還是能看見中央區的城鎮以城堡為中心擴展開來，然而即使那幅景色就宛如一張描繪高聳山脈的圖畫，那道光景還是絲毫無法打動惠美的內心。

「你確實是沒什麼資格說這種話呢。」

惠美很驚訝背叛教會、甚至將東大陸全境和魔界的惡魔都捲入自己奸計利用的奧爾巴，居然也有討論美景的興致。

「雖然我也沒見過實物，但看過春天櫻花盛開的京都和姬路城的照片後，就覺得這裡根本無法相提並論。」

「嗯，艾米莉亞，如果妳不滿意這裡的景色，等接下來『救出』統一蒼帝陛下後，再對他提出關於蒼天蓋景觀的建議就行了。」

惠美以陰暗的眼神瞪向奧爾巴，然後轉頭走向設置在丘陵上、作為主營帳使用的帳篷。

接下來包括惠美在內的成員，將進行「皇都解放作戰」的軍事會議。

按照作戰，將由「勇者艾米莉亞」率領的東大陸解放軍——通稱「斐崗義勇軍」的士兵們，來驅逐占據蒼天蓋城池和中央區的惡魔軍隊。

然而真要說起來，將馬勒布朗契的軍隊引進東大陸的罪魁禍首其實就是奧爾巴，而惠美之所以留在安特．伊蘇拉，也是因為奧爾巴本人有和馬勒布朗契勾結的跡象。

不過如今他卻打算利用惠美的力量，來驅逐那些馬勒布朗契。

在今天抵達這個蒼天蓋民商區和農工區的交界之前，義勇軍已經打倒了兩名馬勒布朗契的頭目。

明明在前往日本之前，惠美是那麼地渴望斬殺惡魔，但在聽說德拉基亞索和斯加勒繆內這兩名馬勒布朗契頭目陣亡時，她的內心卻產生了一股難以言喻的罪惡感。

惠美看向自己的手掌，然後回想起自己也曾經像現在義勇軍中的某人一樣手刃過惡魔，即使對那股恐懼、以及覺得恐懼的自己任性的內心感到錯愕，她還是用力握緊了拳頭。

『媽媽，京都是什麼？是東京嗎？』

此時，惠美腦中響起一道明亮的聲音。

「……不，那是日本的一個大城市。雖然跟東京很像，但其實是兩個不同名字的城市。」

『京都……東京……東京都？』

似乎將「東京」和「京都」混淆在一起的阿拉斯・拉瑪斯，反覆說著這兩個都市的名字。

在因為阿拉斯・拉瑪斯的緣故稍微取回一些內心的溫暖後，惠美調整了一下掛在腰上的質樸劍鞘，再度邁開步伐。

一直到今天，惠美都沒有叫出過「進化聖劍・單翼（better half）」。不只如此，她甚至一次也沒上過前線和「敵人」交手。

對奧爾巴而言，比起直接讓惠美使用力量，將她當成義勇軍的象徵固定坐鎮在某個地方似乎更為有利，只要惠美不亂來，他就不會干涉惠美在義勇軍內的行動。

拜此之賜，阿拉斯・拉瑪斯寄宿的聖劍也得以免於奪取「敵人」的性命，不過奧爾巴的行動，已經完全超越惠美的理解。

「艾、艾米莉亞大人！」

在主營帳前面待命的八巾騎兵，臉色蒼白地衝到回來的惠美身邊。

「怎麼了？」

「有來自潛入蒼天蓋的先遣隊的消息。請、請您冷靜聽我說。」

「是什麼，快點說。」

儘管大部分的八巾騎兵，都和惠美被迫參與這場不情願的戰爭無關，但她還是沒辦法給他們好臉色看。

起初許多八巾騎兵都對惠美那股不尋常的氣氛感到害怕，可是這次的情報，似乎已經讓他們顧不得這些事情。

「雖、雖然難以置信……」

傳令的騎兵臉色蒼白地以顫抖的聲音報告：

「我軍在蒼天蓋的天守閣，發現了惡魔大元帥艾謝爾的身影！」

「你說什麼？蘆屋他？」

這下就連惠美也難掩驚訝。

「蘆、蘆屋？」

「……啊，沒事，沒什麼。」

惠美不小心在安特．伊蘇拉人的面前，講出了平常在和不知情的日本人對話時，用來稱呼艾謝爾的日本姓名，可見這消息令她多麼震驚。

「然、然後呢，那真的是艾謝爾嗎？」

惠美壓抑內心的動搖出言確認，傳令兵則是明顯動搖地點了好幾次頭。

「看來是這樣沒錯，惡魔大元帥艾謝爾前幾天突然現身統率馬勒布朗契，並將分散艾夫薩汗全境、隸屬蒼天蓋城的八巾騎兵全都召集回城，準備迎戰我們斐崗義勇軍……！」

惠美完全無法想像蘆屋為何會出現在蒼天蓋。

不過既然蘆屋在那裡，惠美便不得不如此問道：

「那魔王呢？魔王撒旦也在嗎？」

過去惠美和鈴乃曾經擔心真奧和蘆屋會加入馬勒布朗契的軍隊，組織新的魔王軍。

雖然至今的經歷，讓惠美在心裡的某處否定了這個可能性，但即使如此，她還是必須為最壞的情況做好準備。

接著傳令的騎兵——

「咦？沒、沒有，魔王撒旦？我們沒收到那樣的報告……而且魔王撒旦不是已經被艾米莉亞大人打倒了嗎？」

做出了這樣的回答。

從斐崗出發時，惠美就已經發現關於「勇者艾米莉亞生死」的情報，在每個地區都有不同的版本，不過就只有魔王撒旦已經被勇者艾米莉亞打倒這件事，被當成確定事項廣泛流傳。

所以傳令的騎兵，應該也很困惑為何會出現魔王撒旦的名號吧。

「……說、說得也是。只有艾謝爾在，這樣啊……」

惠美皺起眉頭嘟囔道。

雖然惠美完全想不到蘆屋單獨出現在蒼天蓋的理由，不過從蘆屋對馬勒布朗契的行動並未抱持好感來看，至少能確定目前的狀況並非出自他的本意。

既然如此，到底是誰基於什麼樣的目的，將他帶到蒼天蓋的呢？

「無論如何……」

「唔……」

「啊，奧、奧爾巴大人……」

不知不覺間來到惠美背後的奧爾巴，完全不給她思考的餘裕便直接開口：

「既然只有艾謝爾一個人，那根本就不足以和現在的艾米莉亞為敵。我們該做的事情還是沒變。沒什麼好擔心的。」

「您、您說得對。而且艾謝爾在之前的大戰，也因為害怕艾米莉亞大人而從中央大陸撤退……」

傳令騎兵蒼白的臉色，在聽了奧爾巴的話後逐漸恢復血色。

側眼看著這幅場景的惠美，表情因此變得陰暗。

換句話說——

「……這就是，我分配到的角色嗎？」

在義勇軍當中，能與惡魔大元帥艾謝爾正面交手或甚至擊敗他的，就只有惠美和奧爾巴。

奧爾巴打算利用艾謝爾和馬勒布朗契，重現「勇者艾米莉亞拯救東大陸」的狀況。

雖然現在的惠美還無法參透他真正的目的，但唯一能確定的是，如果惠美沒完成奧爾巴交

付的任務，她的夢想將就此毀滅。

「那麼開始舉行軍事會議，來擬定攻占中央區和拯救統一蒼帝的作戰策略吧。」

奧爾巴率先走進營帳，惠美猶豫了一下後，也跟著走了進去。

營帳內就和惠美陰鬱的內心一樣昏暗，就在此時——

『艾謝爾來了嗎？』

一道微弱的聲音敲響惠美的內心。

『既然艾謝爾來了……』

阿拉斯·拉瑪斯的聲音，散發著與惠美內心完全相反的光輝。

『就表示爸爸也在嗎？』

「…………爸爸……是指……魔王嗎…………」

惠美驚訝地僵住，並停下腳步。

「嗯？怎麼了，艾米莉亞？」

奧爾巴在看見惠美突然停止動作後出聲問道，但即使如此，惠美依然暫時無法動彈。

「……啊。」

我剛才在想什麼？

阿拉斯·拉瑪斯的話，讓我想到了什麼？

「我……」

不可能這麼想。

也不能這麼想。

這種事，根本就不可能發生。

「……不好意思，這場軍事會議我就不出席了。我身體不太舒服。無論對象是誰，只要我和最強的對手戰鬥就行了吧。」

惠美快速說完後，沒等任何人回答就直接轉身衝出營帳。

「艾、艾米莉亞大人？」

即使背後傳來剛才那位傳令的騎兵的聲音，惠美還是快步衝進分配給自己的帳篷，整個人趴到簡易床鋪上。

呼吸困難。

心跳得好激烈。

「……我……到底是怎麼了……嘖！」

惠美以彷彿要破壞床鋪般的氣勢敲打床鋪。

「無論發生什麼事……無論發生什麼事！那傢伙！都是我和爸爸的……！」

『我會讓妳見識新的世界。』

惠美清晰地回想起那張在傍晚的新宿，訴說愚蠢夢想的笑臉。

「…………………………………那傢伙…………明明是敵人……………」

明明沒什麼大不了的力量，卻每次都在惠美陷入困境時，帶著一副瞧不起人的表情悠哉出現，最後所有的問題，就在他說著蠢話的時候解決了。

「為…………什麼…………」

『媽媽，爸爸一定會來找我們！所以要乖乖的，好嗎？』

已經到極限了。

「…………妳說得……沒錯……他會來……找我們……」

惠美沒打算用內心衰弱當藉口。

但是她已經沒辦法再蒙混過去了。

惠美內心的某處，一直都在希望那個總是一面講著無聊的笑話和怨言，一面悠然地替惠美和惠美重要的人化解危難的「真奧貞夫」現身。

她不想承認這點。

而且也認真地覺得不可能。

畢竟如今就連惠美在安特·伊蘇拉的夥伴艾美拉達和艾伯特，都還沒有任何行動的跡象。

他們應該不至於沒發現惠美的異狀，既然連那兩人都沒行動，身在異世界的真奧等人就更沒道理會有所動作。

之前對梨香施展的「概念收發」，也完全沒傳達任何重要的訊息，即使梨香真的和真奧與鈴乃取得聯絡，他們也不可能有辦法掌握惠美的狀況。

不過既然蘆屋人在安特．伊蘇拉，真奧應該會拚命尋找他的行蹤吧，一想到這裡，惠美內心深處沒有武裝起來的部分便開始發出慘叫。

如果真奧追著蘆屋來到安特．伊蘇拉，不就會發現自己的困境，並順便來拯救自己嗎？

這種卑鄙的想法徹底暴露了出來。

然而這實在是太荒唐了。

若想解決惠美目前置身的狀況，光是保護惠美和阿拉斯．拉瑪斯，並將她們帶回日本是不夠的。

位於遙遠的西大陸、父親留下的麥田束縛著惠美的內心，正因為無法放棄那些事物，惠美才會被迫參與這場不情願的戰爭。

即使真奧恢復擁有壓倒性力量的魔王形態來到這裡，也很難同時打倒奧爾巴和拉貴爾。

只要其中一人發現真奧採取庇護惠美的行動，然後對奧爾巴在西大陸的部屬下令，麥田瞬間就會陷入現實無法挽救的狀況。

除非了解惠美目前所有狀況的人都從世界上消失，或是整個安特．伊蘇拉都不再關注「勇

者艾米莉亞」，否則即使回到日本，惠美也將永無安寧之日。

勇者艾米莉亞還活著的消息已經開始在東大陸傳開，八巾騎兵和奧爾巴他們也遲早會以國家名義向全世界宣告這項情報吧。

到時候無論惠美逃去哪裡，想利用「聖劍勇者艾米莉亞」在安特．伊蘇拉的身分和名聲的勢力，都會派出追兵。

然而即使惠美放棄父親的田地和故鄉的夢想逃回日本，也會有像過去的路西菲爾、鈴乃與沙利葉，或是西里亞特、法爾法雷洛與奧爾巴這些為了自己的目的，完全不在乎會對日本造成危害的人們，來日本尋找惠美本人吧。

這麼一來，為了驅逐那些追兵，惠美將被迫對應該守護的安特．伊蘇拉人民揮劍。

所有的狀況，都只顯示絕望。

無論怎麼做，都不可能完全拯救現在的惠美。

即使如此——

「討厭啦……為什麼……為什麼要這樣介入我的內心！別開玩笑了！」

惠美的聲音充滿哽咽。

她完全不認為蘆屋是為了支配艾夫薩汗或安特．伊蘇拉才回來的。

因為惠美知道真奧絕對不會允許這種事情。

而且她也知道只要真奧不同意，蘆屋絕對不會違背主人的意思。

惠美與真奧共度的時間，就是長到能讓她打從心底確信這點的程度。

「……魔王……魔……王……！」

惠美呼喚著那張在自己內心深處若隱若現的臉孔——那位在笹塚生活、受到周遭所有人喜愛的打工青年。

「…………救…………救我…………」

淚水無法停止。

恐懼、後悔、痛苦，但又隱約有股奇妙的安心感，無法掌握自己內心狀況的惠美，只是持續哭泣。

就在這個瞬間，惠美清楚地意識到，她對持續支撐自己到今天的那個懷抱義憤與正義之志、拯救世界和人類的「勇者」的認同感已經煙消雲散。

讓她內心受挫的原因，並不只是那些以奧爾巴為首的安特．伊蘇拉人，對「勇者」做出的無情舉動。

而是她原本就並非那種擁有崇高的志向與精神的人類。

「……艾美，艾伯……對不起，對不起……爸爸……對不起，我已經，沒辦法再獨自戰鬥下去了……」

『媽媽。』

無論名叫艾米莉亞．尤斯提納的勇者擁有什麼樣的出身和血統，一直到幾年前為止，她都是以一個農夫獨生女的身分過著和平的生活，只是一個隨處可見的普通少女。

未滿十八歲的少女出於憎恨所產生的勇者之志，就在剛才粉碎了。

「我不知道，我到底該怎麼辦才好……爸爸、艾美、魔王……拜託誰來……」

『媽媽。』

就在這個時候。

明明惠美並未特別呼喚，阿拉斯．拉瑪斯依然宛如治癒惠美受傷內心的神明般，自行出現在床上。

女孩的額頭不知為何正像聖劍發動、或是呼應其他「基礎」碎片時那樣，散發出新月型的光芒。

阿拉斯．拉瑪斯以彷彿棉花般柔軟的溫暖雙手，抱著惠美被淚水沾溼的臉龐微笑。

那道柔和的紫色光芒與笑容實在過於耀眼，惠美依偎著那雙手，宛如這麼做就能照亮沉澱在自己內心的黑暗一般。

「……啊啊，對不起，阿拉斯．拉瑪斯……不過，我好像有點快撐不住了……」

這實在是太難看了。

明明之前才因為得知阿拉斯．拉瑪斯「真正的媽媽」是萊拉而受傷，現在卻又只能在自己應該守護的「女兒」面前哭泣。

不過即使是那樣的惠美，阿拉斯．拉瑪斯依然以和身上柔軟的肌膚一樣純粹的內心對她說道：

「我以前也一直都是一個人。」

「……？」

「不過，我現在和媽媽在一起。」

「阿拉斯．拉瑪斯……？」

「媽媽，一直都跟爸爸在一起。小千姊姊、艾謝爾、小鈴姊姊、路西菲爾、艾美姊姊，大家都和媽媽在一起。」

接著阿拉斯．拉瑪斯轉過頭，暫時將視線從惠美身上移向遠方低聲說道：

「艾契斯，一定也一樣。」

「阿拉斯．拉瑪斯……？」

「所以放心吧。好嗎？大家，馬上就會再度聚在一起。」

「大家……在一起……」

惠美擦著紅腫的雙眼，顫抖地嘆了口氣。

「……嗯，說得也是，我們大家一直都在一起……」

惠美直到現在才發現這件事。

真奧他們確實曾經是敵人。

不過在日本的他們，早就跨越了敵人、惡魔和人類這些藩籬，持續在一起生活。

無論那是多麼嚴重的「錯誤」。

「不過，已經來不及了。我太晚發現這件事情了。到了這個地步，即使我放棄爸爸的麥田，也已經不能和魔王他們在一起了……」

「為什麼？」

「因為……」

惠美低頭看向自己的右手。

「我為了不想失去自己的夢想，而對奧爾巴言聽計從……甚至殺了魔界的，殺了魔王的子民。」

那並非惠美期望的戰鬥，而且對手也不能說是完全沒錯。

然而現在的惠美還是認為自己的行動，和過去被她認定為邪惡的魔王軍的行動根本沒什麼兩樣。

她明明知道惡魔並非只懂得持續殺戮、無法溝通的魔物。

不過為了自己的慾望，惠美還是無法阻止打著自己名號的斐崗義勇軍，在完全不曉得對方犯了多少罪的情況下，殺害馬勒布朗契的頭目。

若她能堅稱這是為了守護自己的夢想並親自揮劍戰鬥，或許結果會不同也不一定。

但就結果而言，惠美還是既沒抵抗也沒採取任何行動，對一切袖手旁觀。

驅逐惡魔的勇者以義勇軍總指揮官的身分，弄髒了別人的手。

「魔王最討厭不合道理的事情了。無論有什麼理由，他都不會原諒我自私的行動。艾謝爾應該也一樣。所以……」

就在惠美激動地這麼說時——

「……？」

帳篷外面開始騷動了起來。

階級較高的士兵應該都去參加軍事會議了，但等惠美注意到時，外面已經宛如遭到奇襲般變得騷動。

大批士兵來回走動，像是在吵什麼事情的樣子……

「艾、艾米莉亞大人，不好意思打擾您了。」

此時，從帳篷入口傳來剛才那名傳令的騎兵擔心的聲音。

「那、那個，您沒事吧？聽說您的身體微恙……」

「……對不起，我已經沒事了。」

惠美剛才哭得非常大聲，就算被什麼人聽見也不奇怪。

事到如今，惠美也沒力氣掩飾了，於是她輕輕擦了一下眼角便起身露面。

阿拉斯·拉瑪斯額頭的光芒在不知不覺間，已經連同剛才那股神祕的氣氛一同消失無蹤，在惠美的注意力被傳令的騎兵吸引時，女孩早已跳到床上開始無意義地翻滾。

「那、那個，不好意思在您忙碌時前來打擾……」

雖然傳令的騎兵在看見惠美哭過的臉時稍微動搖了一下，但還是傳達了希望惠美趕緊前往舉行軍事會議的主營帳的指令。

「我們收到了惡魔大元帥艾謝爾，從蒼天蓋城寄來的信。」

「艾謝爾的信？」

「是的。而且他還指名寄給艾米莉亞大人，所以奧爾巴大人請您盡快過去……」

惠美吸了一下鼻子並用力嘆口氣後，點點頭走出營帳。

總覺得情況有點奇怪。

蘆屋……艾謝爾究竟是怎麼知道惠美在這支軍隊裡的？

惠美重新和阿拉斯·拉瑪斯恢復融合狀態後，快步走向主營帳。

一臉不悅的奧爾巴，和看起來緊張不已的將校們已經在那裡等待惠美。

「妳來啦，艾米莉亞。」

奧爾巴面前有張攤開的羊皮紙，想必那就是艾謝爾寄來的信。

「聽說那封信指名要給我……我可以看一下嗎？」

「沒辦法了。」

奧爾巴的語氣之所以顯得為難是有理由的。

因為他知道艾謝爾跨越敵我雙方的藩籬，在日本以「蘆屋四郎」的身分和惠美有所交流。從之前並未對艾謝爾現身的消息感到驚訝來看，奧爾巴應該事先就知道艾謝爾會回到安特．伊蘇拉。

然而現在這位大神官卻露出了嚴峻的表情，可見蘆屋的信件對他而言是預料之外的狀況。

雖然奧爾巴似乎沒辦法在義勇軍的八巾騎兵們面前，銷毀敵軍的總指揮官寄給勇者的書信，不過無論如何，他應該沒料到蘆屋那裡會傳來聯絡。

在惠美的印象中，打從於西大陸的山腳重逢以來，奧爾巴都沒有前往日本的跡象。這麼一來，就表示艾謝爾是被奧爾巴的協力者（或者奧爾巴才是協力者）帶回來的。

姑且不論「蘆屋四郎」，既然奧爾巴認為有辦法限制「艾謝爾」的行動，那麼合理推斷奧爾巴背後應該隱藏了實力相當堅強的人物。

考慮到拉貴爾正和奧爾巴一同行動，對方十之八九是天界的某個天使，所以即使這封「艾

謝爾的信」真的是出自艾謝爾本人之手，照理說也不會抵達惠美手邊才對。

惠美因為感覺到有奧爾巴和他背後靠山以外的人物介入而皺起眉頭。

「到底是怎麼回事……」

「艾米莉亞大人，請您當心。這封信是以我們無法閱讀的文字寫成，或許上面有惡魔下的詛咒也不一定。」

不知道八巾騎兵們是如何解讀惠美的表情，他們害怕的樣子明顯脫離常軌，但總之惠美還是得先看過信才有辦法判斷。

惠美從奧爾巴那裡收下羊皮紙，嚥了一下口水後開始檢視內容。

上面用中央交易語言記載了惡魔大元帥艾謝爾的簽名，以及艾米莉亞的姓名，然後——

「…………………………………………嗯？」

惠美在確認過內容後，打從心底發出了疑惑的聲音。

「上面寫了什麼？」

就連奧爾巴焦躁的聲音，在此時都無法讓惠美感到不悅。

「呃……總之這不是魔界的文字或詛咒就對了，奧、奧爾巴？你看不懂這封信嗎？」

奧爾巴不悅地回答惠美的問題：

「我知道這是那個世界的文字！雖然我能透過『概念收發』勉強聽懂那邊的語言，但我待

在那裡的時間，還沒長到能完全理解那邊的文字。」

奧爾巴指向羊皮紙的角落。

「除了表音文字的平假名以外，這個字是表示『冰冷的狀態』，這個則是『行李』。至於後面的文章，我只知道是用來表示復仇意志的慣用句。」

「……嗯、嗯，是這樣沒錯……」

惠美表情複雜地點頭，然後再度看向那封信。

這是艾謝爾為了向惠美傳達某種訊息所寫的信。

而且惠美也大概知道艾謝爾並未積極地想與她為敵。

不過，她還是完全無法理解艾謝爾想表達的意思。

「上面到底寫了什麼！該不會艾謝爾是想叫人別送行李給艾米莉亞吧？」

「呃……不對，我想應該不是那個意思……」

惠美一面回答，一面拚命地思考。

蘆屋會選擇用這些字，一定是有某個確實的理由。

蘆屋到底想對她傳達什麼訊息？

「上面到底寫了什麼！」

「呃……等我一下，我真的不知道這是什麼意思。到底為什麼要寫這種東西……」

也難怪奧爾巴會混亂，以及惠美會感到疑惑。惡魔大元帥的信上——

『總有一天，必定會來找妳報冷豆腐和蘘荷之仇。』

只用工整的字跡簡單寫了這段話。

「這句話到底是什麼意思？」

「呃，該怎麼說才好。」

惠美雖然困惑，但還是在奧爾巴的要求下坦率回答：

「這個字叫做『豆腐』，合起來就是冷豆腐的意思。」

不過這個內容，讓惠美覺得自己愚鈍的說明實在對不起現場緊張的氣氛。

「豆腐？豆腐是什麼東西？」

儘管惠美差點反射性地說出「加進味噌湯會很好吃」，但還是勉強忍了下來。

「呃，那個，在這邊該怎麼形容才好，就是一種又白又軟，尺寸和小磚塊差不多，富含水分又柔嫩……但其實沒什麼味道。」

「沒、沒味道？異世界的居民，平常會吃那種詭異的東西嗎？」

八巾騎兵的將校們面面相覷地竊竊私語，惠美在說明的同時，也感到有些不對勁。

「詭、詭異……嗯，這麼說或許也對。」

她還記得這個組合。

這當中隱藏了只有她知道的意義。

真要說起來，自己到底是在什麼樣的情況下吃到這些東西的。

即使感到一股類似想不起來前天午餐吃什麼的煩躁，惠美依然繼續說道：

「然後這個念做『蘘荷』，這東西的外形長得像紫紅色的球根，是一種咬下去後會有一股強烈苦味竄進鼻腔的植物……」

「光、光聽就覺得是恐怖的惡魔食材。」

「沒想到異世界居民的飲食文化居然如此詭異……」

雖然被徹底嫌棄，但惠美說明的方式也確實有點問題。

當然這主要是因為惠美不知道還有哪些安特．伊蘇拉的食材，能夠拿來比較的原故。

「把那個切碎後放到這個冷豆腐的……上面……」

為了向不知道豆腐和蘘荷的東大陸人說明這項菜色，惠美不知不覺演起了用菜刀切蘘荷的默劇，將看不見的蘘荷放到看不見的豆腐上——

「…………啊。」

就在這個瞬間，惠美的內心和身體回到了那個時刻。

那是她在夢中拚命尋找，雖然既老舊又吵鬧，但依然充滿某種奇妙的安詳氣氛——在那棟公寓用餐的光景。

此時出現在惠美眼前的，是皺起眉頭的真奧，以及連惠美的分一起被硬放上去、鋪在冷豆腐上面的大量蘘荷。

「怎麼了，艾米莉亞？」

「……唔。」

惠美因為奧爾巴的聲音而回過神。

雖然將校們都以擔心的眼神看向惠美，但惠美本人的狀況卻更加嚴重。

惠美的心裡，湧出了一股和剛才在自己的營帳內哭泣時完全不同的焦躁感。

她的臉色泛紅，腹部和眼眶也逐漸變熱。

惠美總算理解艾謝爾想表達的意思了。

而在理解的瞬間，一股難以言喻的安心和喜悅便在惠美心中擴散開來，讓她又是驚訝，又是混亂。

她在短短幾分鐘前所祈求的不可能發生的事情，以及擅自認定那不可能實現而感受到的絕望，如今再度在惠美面前轉變為希望。

「奧、奧爾巴。」

即使如此，她還是勉強壓抑差點傾瀉而出的感情，開始用盡心力思考。

「什、什麼事？」

惠美急迫的語氣，讓奧爾巴也跟著緊張地回答。

「現在馬上前往蒼天蓋吧。一刻也不容耽擱。」

「妳說什麼？」

「必須快點行動才行，和你我的意志無關，安特．伊蘇拉將再度籠罩在黑暗之中。艾謝爾找到了能與使出全力的我正面對決的祕策，所以才用日語寫了暗號，要我如果珍惜性命就退兵。」

也因為這樣，惠美才有辦法接連說出一堆言不由衷的話。

「妳、妳該不會只是隨口在胡謅吧。」

惠美毅然地轉頭看向在義勇軍的八巾騎兵面前、語氣無法太過強硬的奧爾巴，以更加嚴肅的語氣接著說道：

「我說的是真的。只要使用這個『冷豆腐』和『蘘荷』，惡魔大元帥艾謝爾便能獲得凌駕惡魔大元帥路西菲爾，或甚至魔王撒旦的力量。」

「妳、妳說什麼？」

惠美完全沒說謊。

她看著動搖的會議現場，對奧爾巴耳語道：

「艾謝爾曾經在我面前，用『冷豆腐』和『蘘荷』逆轉了他和魔王撒旦間的權力關係。我也差點就敗下陣了。你應該知道這代表什麼意思吧？」

「……唔……難、難不成……」

「我之所以突然從日本回到這裡，主要就是因為這件事情。要不是讓撒旦代替我承受『蘘荷』，真不曉得結果會怎麼樣。」

「那、那個名叫日本的國家，怎麼可能會有那麼強大的力量……」

「（你不是曾經跟路西菲爾一起在日本獲得魔力嗎？那個世界也存在著某種我們不知道的能量，而原本完全無法與魔王匹敵的艾謝爾，在找到那個後便獲得了遠遠凌駕魔王、比魔力更加強大的力量……透過『冷豆腐』和『蘘荷』！）」

惠美刻意以八巾騎兵們聽不懂的「日語」對奧爾巴說道。

為了只將自己的真意傳達給奧爾巴一個人。

為了在不說謊的情況下，傳達片面的真實。

「怎、怎麼可能……？」

「（雖然我不知道你在策劃什麼，但如果不趕緊行動，事情真的會變得無法挽回。若小看艾謝爾現在的力量，就連我也沒辦法全身而退。）」

「唔……沒、沒辦法了。」

奧爾巴轉身對將校們下達出發的命令。

奧爾巴的確原本就想利用惠美對付位於蒼天蓋的艾謝爾等人。

然而這個只有惠美看得懂艾謝爾書信的情況，還是讓他的內心感到不安。

身為謀略家的奧爾巴，應該很清楚光是一個不確定要素所隱藏的可能性，就能將結論扭轉到什麼程度。

看著奧爾巴的背影，惠美慌張地擦掉總算忍不住流下的淚水，然後接著說道：

「他可不只是個想重複購買一人限購一盒的雞蛋的男人啊。」

雖然不知道蘆屋是怎麼將信送來義勇軍的，但蘆屋那光憑一封信便徹底扭轉惠美周圍狀況的手腕與想法，還是讓惠美坦率地感到佩服。

能夠找惠美「報」艾謝爾（蘆屋）所說的「冷豆腐和蘘荷之仇」的人，在這個世界上就只有一個。

「魔王……要來了。」

究竟是誰會來「報冷豆腐和蘘荷之仇」呢？

會因為冷豆腐上被放了大量蘘荷而想找惠美報仇的人，無疑就是真奧。

無法克制自己不自覺地露出笑容的惠美，慌張地按住胸口。

事情並沒有因此解決。

即使真奧恢復魔王形態並願意幫助自己，父親的麥田還是一樣在奧爾巴和拉貴爾的控制之下，處於危險的狀態。

即使如此，或許是錯覺也不一定，惠美依然覺得原本被陰暗的絕望遮蔽的視野，瞬間變得豁然開朗。

惠美完全不覺得真奧會丟下自己，只拯救蘆屋一個人。

雖然這麼想有點任性，但即使嘴巴上總是在抱怨，真奧至今依然沒採取過那樣的行動；即使不喜歡惠美，他對阿拉斯．拉瑪斯的愛依舊是真的。

最重要的是，如果真奧打算捨棄惠美，蘆屋根本不會特地送這封暗示真奧會來的信過來。只要真奧出現在安特．伊蘇拉，就一定會為了將蘆屋、惠美和阿拉斯．拉瑪斯全部一起帶回日本而行動。

惠美在這幾個月見到的「真奧貞夫」，就是那樣的男人。

當然，情況並不樂觀。

就像之前所說的那樣，即使真奧恢復成魔王幫助惠美，也無法就這麼將惠美、阿拉斯．拉瑪斯和蘆屋帶回日本。

此外從蘆屋在信上是用「總有一天」這個詞來看，他也不確定真奧何時會來。

即使如此——

「魔王……願意過來。」

惠美的心裡還是只想著這件事。

只要真奧出現，無論是往哪個方向，狀況都會大幅有所進展。

然而惠美完全不確定在進展之後，會產生什麼樣的結果。

雖然不確定，但她不知為何能輕易地猜到真奧在發現蘆屋和惠美被捲入的狀況後，會怎麼想。

真奧不可能接受這種情況。

無論是奧爾巴、在他背後策劃的人，或甚至是惠美的夢想，真奧一定會為了一口氣破壞這場鬧劇所有的構成要素而行動。

惠美不知道事情在那之後會變得如何。

儘管她本人並未明確地意識到這點，但在這個瞬間，包括父親的麥田以及日本的和平生活在內，惠美某種程度上已經放棄了一切。

惠美放棄思考真奧出現之後的事情。

放棄思考自己的夢想、父親麥田的未來、以及關於被留在日本的「遊佐惠美」的一切的未來。

惠美不知道真奧何時會來，不知道真奧何時會展開行動，也不知道他究竟打算怎麼做。

既然不知道，那麼至少自己必須故意繼續扮演好奧爾巴，以及那些在背後策劃者替她安排的角色。

即使那些幕後黑手在厭倦後打算親自下手，她也絕對不能放棄演出。

為了在出乎所有「觀眾」預料的真正「主角」出現的瞬間，能營造出最棒的高潮，她必須繼續努力下去。

「愚蠢的我能做得到的，就只剩下這件事了。」

不可思議的是，這句話並非出於自嘲。

而是惠美現在的肺腑之言。

正因為沒有勉強自己，所以這句話聽起來才特別明亮清晰，或許是因為發現這點，處於融合狀態的阿拉斯．拉瑪斯開心地說道：

『媽媽？妳稍微打起精神了？』

「……嗯，總覺得變得比較有精神了。」

惠美本人也覺得自己既現實又任性。

所以如果之後一切順利，能夠再次見到那張溫暖餐桌的主人——

「雖然他應該不會原諒我，而且這次真的會完全變成我的敵人，但即使如此……」

惠美打算暫時將過去的事情放在一邊，坦率地為這幾個星期的事情道歉。

她如此下定決心。

勇者，馳騁於戰場

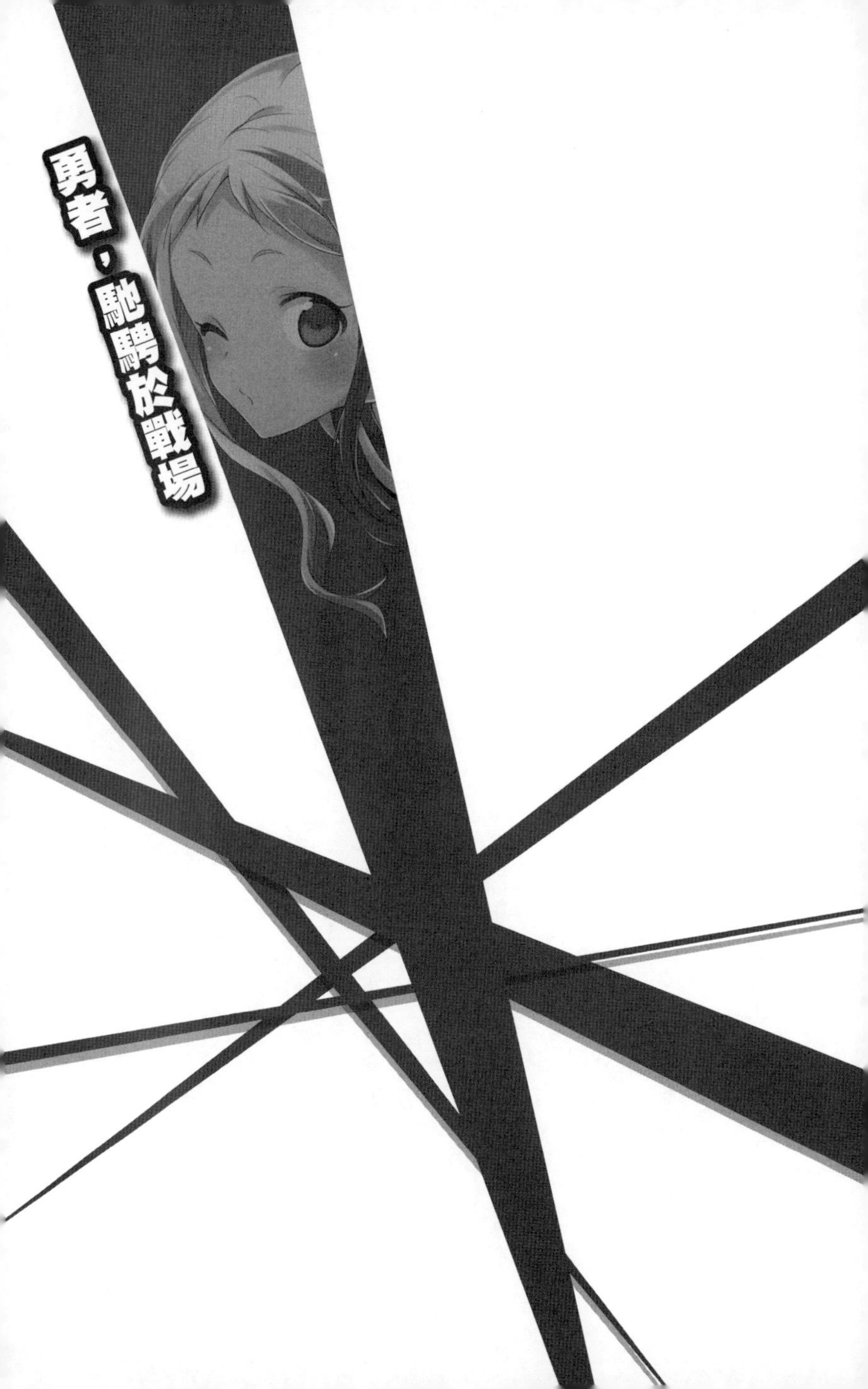

在冰冷且充滿霉味的空間中，因腳上沾到灰塵而皺起眉頭的艾伯特持續跟著鈴乃往前進。

「妳之前就知道蒼天蓋底下有這種地方嗎？」

「只知道情報而已。」

「只知道情報啊……嗯，原來如此。」

「這算是我們狂信暗部的其中一部分。我想艾伯特先生應該也知道，傳教士中有一半是聖・因古諾雷德派遣的間諜。因為他們都是一群願意為神犧牲性命的人，所以才能像這樣賭命將各種情報送回聖・因古諾雷德。」

「話說回來，這裡還真是了不起呢。到底要花上多少時間跟人力，才有辦法打造出這種地方？」

鈴乃和艾伯特正走在一條地下道中。

然而這裡並非普通的地下道。

蒼天蓋的長城一直延伸到農工區的外側，在遍布長城底下的墓窟——也就是地下墓地裡有條大迴廊。

除了鈴乃手上那盞法術的燈火和腳邊的灰塵以外，完全沒有其他東西會動的廣大石造迴廊內，宛如時間靜止般寧靜。

「據說在統一蒼帝有危險時，便會按照既定的路線從蒼天蓋的『雲之離宮』逃到遍布皇都地底的地下墓地避難。當然歷史上一次都沒用過，不過據說為了維持機密和發生萬一時能正常運用，所有正蒼巾騎士的值勤處都有能通到這個地下墓地的場所。」

「由身為教會人士的妳來談論艾夫薩汗如何『維持機密』，也實在夠諷刺的了。」

鈴乃前進起來毫不猶豫，跟在後面的艾伯特警戒著周圍，聳肩說道。

像是贊同艾伯特的說法般，鈴乃也跟著點頭回答：

「雖說是機密，但其實也只是作作樣子而已。畢竟一旦統一蒼帝利用這條路逃跑，艾夫薩汗這個帝國就沒救了。若這個擁有廣大國土又經常發生內亂的國家皇帝離開皇都，就等於現行體制已經分崩離析。因此即使必須有像這樣的道路存在，也永遠不會有用到的一天。所以這裡雖然是機密，但依然廣為人知。視地點而定，有些在艾夫薩汗之前的古代國家墓地，甚至還有地下道成了觀光景點呢。」

「嗯，我好像也有聽說過在往皇都東方延伸的城牆地下，有過去王朝的國王墓地。原來那就是指這個啊。不過就算是公然的祕密，如果每個人都能輕易進入，那不是對想發動內亂的人很有利嗎？」

「所以這條通路才必須交給最接近皇帝的正蒼巾的人管理。」

實際上兩人就是從分隔了皇都民商區的城牆那裡的八巾騎兵值勤處，進入這條地下道的。

畢竟是八巾騎兵的執勤處，所以身為外人的兩人也以為沒那麼容易能夠潛入，然而那裡就連原本必須守衛城牆的八巾騎兵都不見蹤影，完全是個空殼。

兩人不認為這是陷阱。

光是在艾夫薩汗中，就有上百個沿著城牆建造的執勤處，無法捕捉鈴乃和艾伯特行蹤的蒼天蓋勢力，根本就不可能設置這種連敵人會不會來都不知道的麻煩陷阱。

「鑲翠巾以下的騎兵即使得知地下道的存在，也不可能對通往『雲之離宮』的正確道路也一併掌握。」

雖說都被稱為八巾，但艾夫薩汗的騎士團中存在著嚴密的階級。

地位最高的正蒼巾和地位最低的鑲紅巾騎兵之間的身分差距，就算大到不敢直接對話也不稀奇。

「嗯？那妳到底是循著什麼標記在前進的？無論教會外交部的那些人再怎麼會收集情報，應該也不可能知道只有正蒼巾曉得的路……」

艾伯特慌張地問道，但一看到回過頭的鈴乃瞇著眼露出銳利的眼神後，便把話吞了回去。

在這裡的並不是艾米莉亞於日本信賴的朋友，鎌月鈴乃。

「艾伯特先生，你看不出來嗎？」

擁有死神稱號的大法神教會最高異端審判執行官淺淺一笑後，便再度往前踏出腳步。

「雖然我不知道這條地下道從多久以前就在這座大都市底下，不過在經過漫長的數百年後，每顆路石的外表都不盡相同。」

「喔、喔喔？」

「在執行『聖務』時，我們很少能事先得知關於入侵場所的資訊。而在地下空間比起用火照明，不如用法術比較安全。正蒼巾即使是法術士也都非常優秀，長年經過法術照明的道路，非常容易分辨。」

「……真了不起。」

思及此處，艾伯特這才注意到鈴乃走起路來完全沒有腳步聲。

在發現這個偌大的空間內只有自己的腳步聲後，艾伯特再度確認眼前這位嬌小的女性並非一般的聖職者。

然後說到這裡，他又發現另一個奇怪的地方。

「既然如此……為什麼完全看不見正蒼巾的人？」

「……」

「義勇軍中，應該也有人是隸屬知道這條路的階級吧。視情況而定，義勇軍也有可能從這裡攻進城內。無論留在蒼天蓋的正蒼巾是支持義勇軍還是艾謝爾，妳不覺得從剛才開始就感覺

不到人的氣息很奇怪嗎？」

「我也不知道原因……這麼說來，進入這條地下道時經過的八巾執勤處也同樣完全沒人。自從來到艾夫薩汗後，我就一直覺得八巾們的動向很奇怪。明顯應該派兵駐守的地方空無一人，沒必要護衛的郊外和距離皇都遙遠的場所卻分派了大批人員。」

鈴乃想起在前往宏發村的路上，遇見正紅巾外出巡邏的事情。

「皇都那邊的人不可能沒察覺義勇軍接近。這樣調度兵力是有原因的。況且即使原因不明，這樣的配置對現在的我們有利是無庸置疑的。所以我們就盡量利用吧。」

鈴乃讓法術的燈光稍微往前飛並輕聲說道：

「而且既然已經看得見終點，就只能繼續前進了。即使前方是虎穴也一樣。」

「喔喔……」

不知不覺間，兩人來到一扇門縫微微開啟的巨大門扉面前。

在那道後面彷彿真的隱藏了虎牙的門縫對面，是一條往上延伸的漫長階梯，兩人稍微觀察了一下，但並未發現惡魔或正蒼巾騎兵的氣息。

「走吧。別落後了。」

將法術燈光壓抑到最低限度的鈴乃如風般奔馳，轉眼間便登上了漫長的階梯。

艾伯特當然也緊跟在後，不過即使爬了一千階左右，依然沒發現陷阱或有人監視的氣息，讓他感到一股莫名的不安。

爬完階梯後，眼前是造型和之前的大迴廊與階梯相同的昏暗走廊。這條稍短的走廊盡頭，是一面看起來平凡無奇的牆壁。

「該不會有什麼迴轉門之類的東西吧？」

「不，要往上。艾伯特先生，肩膀借一下。」

「往上……咦，喂、喂？」

鈴乃沒等艾伯特回答便輕輕躍起，然後直接在他的肩膀上落腳。

「在日本，肩膀借一下是這個意思嗎？」

肩膀被人踩著的艾伯特試著表達不滿，但鈴乃毫不理會地將臉湊向天花板說道：

「像這種時候，果然還是有男生在比較好。」

「男人可不是墊腳台啊……妳在幹什麼？」

因為法衣的下襬很長，所以不用擔心會出什麼亂子的艾伯特抬頭看向鈴乃手邊。

「請站穩一點。」

「啊？唔喔？」

然而肩膀上突然傳來沉重的負荷，讓他發出痛苦的呻吟。

「嗯唔唔……呼！」

即使鈴乃的靴底陷入肩膀，艾伯特依然拚命地忍耐，伴隨著一道難以想像是嬌小女子發出的吆喝聲，腳底的灰塵突然掀起，頭上出現光芒。

「……原來隱藏通道的出入口不是藏在牆壁，而是位於地板啊。」

「沒錯。先讓我上去，我再從上面拉你一把。」

艾伯特先依照鈴乃的指示順勢將她往上推，再握住鈴乃從上方伸過來的手，接著便被一股明顯超出那隻纖細手臂會有的力量拉了上去。

艾伯特放開鈴乃的手，自己將手抵在地板上撐起身體，然後發現眼前是一間約六坪大、類似更衣室的房間。

室內之所以陰暗，應該單純只是因為外面是晚上。實際上鈴乃和艾伯特，已經在地下道走了好一段時間。

幸好這裡到處都點了粗大的蠟燭，因此勉強能看清楚整個房間的狀況。

貼著鏡子的牆面前方放了一張看似出自名匠之手、雕刻精美的橡木椅，另外還擺了一張小梳妝台。

這裡整面牆壁都用鮮豔的顏料或甚至金箔畫上花鳥圖，即使以城堡的房間來說或許有些狹小，但依然看得出來是供身分相當高貴的人使用的地方。

房間內飄散著微微的甘甜香味，大概是來自鮮花或檀木吧。

「這裡是什麼房間啊？」

即使出身絕對不算低、但依然沒用過如此奢華房間的艾伯特，在出於興趣發問後，馬上便感到後悔。

「廁所吧。」

「喔，原來如此，是廁……所…………啊？」

艾伯特一時無法理解鈴乃的話中之意，看向自己剛才直接摸過地板的手掌。

「廁、廁所？」

「恐怕是。」

狼狽不堪的艾伯特，開始在房間裡四處張望。

「我、我是不太清楚貴族的生活啦，但用這麼大的廁所，難道不會靜不下來嗎？話說回來，用來那個的地方在哪裡啊？」

擅自把這裡當成更衣室或類似場所的艾伯特，為了尋找某樣廁所絕對不可或缺的重要設備環視周圍。

「……該不會，是那個吧？」

房間角落的地板上，設置了一個方形的銀製品，在發現只有那裡矮其他地方一截後，艾伯特表情窩囊地向鈴乃確認。

「那應該是純銀的吧。考慮到管理所需的工夫和費用，艾謝爾或許會昏倒也不一定。」

而鈴乃也做出了無關緊要的推測。

「為、為什麼要把祕密通路設在這裡……」

「所謂的祕密通路，在製作時只能讓一部分的築城工匠知道。因此像這種時候，通常都會設置在浴室、廁所或是下水道這類就算設備周圍有其他大型空間，在圖面上也不會讓人起疑的地方。」

「呃，這麼說也對，畢竟平常應該不會有人主動想穿過廁所地板……」

「底下的通路之所以沒設置迴轉門之類的機關，而採取穿過天花板的設計，應該也是為了讓入侵者誤以為走錯路了吧。當然也可能除了這裡以外，還有其他的出入口，只是我們這次走的路線剛好是從這裡出來而已。」

「唉……有夠慘的。」

雖然不知道哪裡慘，但艾伯特也只能這麼說了。

「放心吧。這裡怎麼看都是貴人專用的廁所，和西大陸平民使用的東西完全不能比。地板一定也經常被打掃得很乾淨。」

「希望是那樣。」

儘管艾伯特難過地看著手掌，但鈴乃似乎已經對這間廁所失去興趣，開始集中精神探聽門外的動靜。

「嗯？」

「怎麼了。」

「……有個奇怪的地方。」

「奇怪的地方？」

「似乎有個地方同時存在著巨大的魔力和法術結界。就在上方的不遠處，你有感覺到什麼嗎？」

「嗯……喔，真的有呢。要過去嗎？」

艾伯特抬頭看向天花板，像是在搜尋氣息般閉上眼睛，然後馬上點頭說道。

「看來不是艾謝爾，不過同一個地方同時有魔力和法術結界，一定有什麼特別的理由。有過去一看的價值。」

「這樣啊，不過都到了這裡，應該無可避免地會遇到八巾或馬勒布朗契吧，到時候該怎麼辦？」

「啊。」

「啊。」

「……啊。」

廁所的門在毫無預兆的情況下被人打開，兩名抱著掃除用具、手上纏著綠色手巾男子走了進來，他們在看見鈴乃和艾伯特後，發出少根筋的聲音。

他們應該沒想到廁所裡面會有人吧，而鈴乃和艾伯特也因為上方的氣息一時分心，沒注意到兩名正翠巾騎兵接近。

「「「「…………」」」」

四人只互望了彼此幾秒。

「太好了，這裡確實會有人來打掃呢。」

「我個人倒是非常同情他們。」

「託他們的福，我們總算知道統一蒼帝在雲之離宮的哪裡。真是太感謝了。」

鈴乃與艾伯特莫名冷靜地堂堂走在「雲之離宮」的走廊上。

在廁所遇見的兩名騎兵，是為了照顧統一蒼帝的起居而留下的正翠巾成員，據說那裡是只有統一蒼帝能使用的其中一個廁所（得知皇帝有好幾個專用廁所後，艾伯特又更驚訝了）。

雖說是緊急狀況，當然還是不能留統一蒼帝一個人，在蒼天蓋被馬勒布朗契占據後，城內依然留了幾名正蒼巾和正翠巾的人隨侍在皇帝身邊。

然而真正能照顧和護衛皇帝本人的只有正蒼巾，正翠巾的人完全無法接近皇帝的玉體，只能負責整理皇帝用的房間和物品。

「那些工作還真辛苦……要是等這場騷動結束後，他們能夠升官就好了。」

艾伯特擦著眼角感動地說道。

即使八巾騎兵各騎士團間存在著嚴格的階級制度，正翠巾的騎兵們依然以在宮廷工作為傲，努力地掃廁所，艾伯特從剛才開始就一直在同情他們。

「唉，不過正因為他們也對這個狀況感到不滿，所以才會告訴我們統一蒼帝的所在地。雖然我們怎麼看都是入侵者，但比起惡魔，他們還是認為把皇帝交給我們比較好吧。等之後見到統一蒼帝，也把他們的功勞呈報上去好了。」

正翠巾的兩名成員在一開始也曾追問鈴乃和艾伯特的身分，但聲音裡毫無霸氣，讓人瞬間就能看出他們已經疲累不堪。

幸好在艾伯特表明身分後，其中一位成員認出了艾伯特——過去曾經解放東大陸的勇者同伴的臉，一行人才免於開啟戰端。

在聽了艾伯特的話後，相信他是來拯救統一蒼帝的年輕正翠巾成員，不但以口頭詳細地說明了雲之離宮的地圖，還將作為八巾騎兵證明的綠色手巾撕成三條交給兩人，以避免鈴乃和艾伯特在遭遇其他八巾騎兵時發展成戰鬥。

三條布當中有兩條是綁在左手，一條是綁在右手。

這是只有八巾之間通用的，用來表示擁有以特定方式撕開的手巾者並非敵人的暗號。

「不過他們說了些令人在意的話呢。」

「嗯？」

正翠巾的年輕成員，說正蒼巾和正翠巾的人是「留下來」照顧皇帝。

這麼一來，就表示有人在背後下命令，將除了他們以外的八巾騎兵們「全都調度到別的場所」。

可是既然艾夫薩汗的中樞如今已經被馬勒布朗契、天使，或甚至惡魔大元帥艾謝爾控制，那麼很難想像統一蒼帝還會有掌管八巾騎兵人事的權利。

那麼，到底是誰在策動皇都·蒼天蓋支配的那些義勇軍以外的八巾騎兵呢？

「……不，現在不是想這個的時候。總之皇帝應該就在這道樓梯上面。我感覺到強力法術結界的氣息。我們走吧。」

雖然感覺來到這裡的過程實在太順利，但只要能控制統一蒼帝，無論接下來行蹤被誰發現，鈴乃和艾伯特都只要一直逃到義勇軍的大本營就好。

儘管斐崗義勇軍的第一目標是從惡魔手中搶回蒼天蓋，但其中當然也包含確保統一蒼帝的安全。

光是能夠達成這點，應該就能稍微拖延義勇軍和皇都軍開戰的時間。

「這……是？」

衝上最後的階梯後，出現在鈴乃和艾伯特面前的是一個與艾夫薩汗的皇帝居所相稱、只能用奢華到剛才那間廁所完全無法比擬的「空間」來形容的寬廣房間。

從這裡沒有謁見用的空間和接客用的家具來看，大概是被當成私室使用。

在發現某個橫躺在足以容納十個成人的大床上的人影後，鈴乃不自覺地端正姿勢。

即使兩人至今都只把統一蒼帝當成戰略上的某種抽象存在，但再怎麼說他也是站在一個大陸頂點的皇帝。

原本以鈴乃和艾伯特的身分，根本就沒辦法直接會見統一蒼帝，即使排除個人感情，他們也理應獻上最恭敬的禮節。

「（失禮了，我們有事稟告皇帝陛下。請原諒我們擅自闖入您寢室的無禮。）」

鈴乃戰戰兢兢地以亞煌語向躺在床上的人影搭話，但對方完全沒有反應。

「……？（皇帝陛下……）」

儘管感到困惑，鈴乃依然稍微加重語氣並往前走了一步。就在這個時候——

「等等。」

艾伯特將手放在鈴乃肩上，制止她繼續前進。

「那傢伙不是統一蒼帝。」

「什麼？」

「而且奇怪的是，我找不到法術結界。在床鋪周圍和這個空間裡都感覺不到法術結界的氣息……」

就在這個瞬間。

鈴乃等人和床鋪中間的空間，突然漆黑地扭曲。

「喂喂喂，是誰敢做出擅闖皇帝寢室這麼大膽的事情？」

「「唔？」」

鈴乃以迅雷不及掩耳的速度拔出髮簪，艾伯特也立刻握拳進入備戰狀態。

然而從黑色的扭曲中現身的人，卻嫌麻煩似的緩緩移動，散發出隨時會攻過來的氣息。

鈴乃在看見從扭曲中走出的獨臂大漢後，倒抽了一口氣。

「利、利比科古？」

「……喔喔，是妳啊。」

那是她認識的惡魔。

在一個星期前，兩人曾在千穗位於笹塚的學校交過手，來人正是馬勒布朗契的頭目之一，利比科古。

「貝爾，是妳認識的人嗎？」

「……嗯。」

即使驚訝，鈴乃依然點頭回答了艾伯特的問題，至於利比科古就算看見鈴乃的臉，看起來也不怎麼動搖。

「我本來以為妳受的傷對人類來說算很重，沒想到妳還滿有精神的。」

「……反倒是你的傷還沒痊癒嗎？」

說來奇怪，兩人明明曾經搏命廝殺過，結果重逢後卻還關心彼此的身體狀況，但如同千穗之前驚訝的一樣，鈴乃在笹幡北高中那場戰鬥中受的傷已經恢復到只剩下淺淺的傷痕，完全不會妨礙她的行動。

不過利比科古被真奧斬斷的手臂，至今仍未痊癒。

當然並非所有的惡魔都能像蜥蜴的尾巴那樣再生自己失去的器官，而且即使是在安特．伊蘇拉見到利比科古，他的魔力感覺依然比以前衰弱。

「真奇怪。我的傷口一直好不了，讓我非常困擾。即使用魔力治療，也完全沒有效果。結果無法上前線的我，就只能負責這種人類也辦得到的警備。」

利比科古以莫名充滿人味的方式自嘲，同時重新看向鈴乃和艾伯特。

「那個沒見過的男人是誰？他似乎擁有非常強大的聖法氣。姑且不論妳，我可沒聽說會有

像那樣的人來。」

儘管鈴乃對利比科古的說法感到有些介意，但還是馬上轉換思考喊道：

「什麼？」

「退下，利比科古。你應該知道即使繼續留在艾夫薩汗，也沒辦法讓魔王軍復興吧。」

「……」

「勇者艾米莉亞率領的斐崗義勇軍，已經接連攻下了你們馬勒布朗契支配的都市，再過不久就會抵達蒼天蓋城了。就算繼續留在這裡，也只會白白送命而已。」

鈴乃激動地說道，利比科古雖然凝視著她的眼睛，但最後還是沒有回答。

「那種事原本就不可能實現。雖然承認這點或許很痛苦，但你們馬勒布朗契只是被大天使們和奧爾巴·梅亞矇騙，遭到天界的策略陷害而已。你以為魔王會希望你們白白送命嗎？現在還不遲，快點全軍撤退回魔界吧。也這樣轉達艾謝爾吧。他應該不會連這種程度的事情都不曉得。」

「……」

「利比科古！」

「妳說的我都懂。我知道我們很愚蠢，也知道那個叫拉貴爾和奧爾巴的傢伙打從一開始就很可疑。不過，我們已經無法回頭了。」

「拉貴爾……可惡，又是天使嗎？」

鈴乃的表情，因為聽見出乎意料的名字而變得凝重。

明明光是加百列和卡邁爾就已經應付不來了，現在居然還多了個天使，這下情況更是刻不容緩了。

他們應該會極力排除所有妨礙計畫的狀況吧。恐怕就連像這樣在雲之離宮爭論，都是件非常危險的事情。

「不過你們還不至於無法回頭！只要將統一蒼帝交給義勇軍，然後再回魔界就行了！光是這麼做，就能避免現在還活著的人白白犧牲。魔王撒旦之前並沒有向西里亞特問罪！想必對你們也……」

「不是這個問題。看來妳似乎誤會了什麼。」

「什麼？」

利比科古乾脆地拒絕鈴乃真摯的提議，然後說出了一句讓鈴乃震驚不已的話。

「我說的無法回頭，並不是指現在這個狀況。而是魔王軍最初的理想。」

「最初的理想？」

那應該是指真奧曾經提過的，讓魔界之民免於飢餓的事情吧。

不過現在的狀況，應該完全不是能悠哉地談論那種事情的場合。

「按照艾謝爾大人的說法，如果不希望魔界之民將來滅亡，這將是我們最初、也是最後一次布局的機會。要是你們這些局外人在這時候跑來搗亂，只會替我們帶來困擾。」

鈴乃開始為利比科古的話感到混亂。

「艾謝爾不可能容忍你們在被天使操控的情況下，支配艾夫薩汗！這到底是怎麼回事？」

就只有蘆屋，不可能沒察覺有人在幕後暗中操縱現在的狀況。更何況他本人，不就是被加百列給綁架的嗎？

然而從利比科古剛才的說法來看，無論怎麼想，現在負責指揮皇都．蒼天蓋的都是蘆屋＝艾謝爾。

這麼一來，難不成八巾騎兵的人員調度，也都是艾謝爾下達的指示嗎？

「誰知道。不過，這也是艾謝爾大人的命令。只有一個人能進來這個房間。如果有其他人來到這裡……」

利比科古將視線從動搖的鈴乃身上移開。

慢了一步才了解這個行動代表什麼意義的鈴乃──

「啊，喂！」

不顧艾伯特的制止發動武身鐵光，握著巨槌殺向利比科古。

然而──

「好了，到此為止～」

別說是慢了一步，鈴乃發現得實在太晚了。

「唔……！」

用手掌確實擋下鈴乃巨槌的人，並非利比科古。

「哎呀～辛苦了辛苦了。雖然我不知道你們是怎麼在不被發現的情況下潛入這裡，但真虧你們有辦法從那麼遠的地方來到這裡呢。這裡又沒有新幹線的車站。」

「你、你是誰？」

艾伯特出言質問突然現身的高大男子的身分，但在本人回答之前，鈴乃已經恨恨地喊出男子的名字。

「加百列……？」

比起鈴乃，這位還是一樣一臉瞧不起人的大天使似乎更在意艾伯特，並滿臉意外地說道：

「咦？我記得你是這邊的人。印象中是艾米莉亞的同伴。魔王怎麼了？」

「我跟你沒什麼好說的！」

「喔喔……沒辦法，畢竟我很惹人厭……不過你們運氣不錯，幸好來的人是我。你叫利比科古吧。居然第一個對我傳送『概念收發(idea-link)』，是艾謝爾對你說了什麼嗎？」

「……」

「唔？」

利比科古剛才之所以從鈴乃身上移開視線，果然單純只是為了集中意識行使魔法。

不過這麼一來令人不解的是，為何有自覺遭到天界欺騙的利比科古，會按照艾謝爾的指示將鈴乃等人的情報傳達給加百列。

加百列愉快地看著疑問的神情從鈴乃臉上一閃而過，並以更深的笑容說道：

「嗯～也難怪你們會感到疑問，不過如果有什麼想問的，就等一切結束後再向艾謝爾確認吧。唉，前提是你們有辦法馬上跑回來問啦。」

「你、你說什麼？唔呃！」

「唔啊？怎、怎麼回事？」

加百列只不過稍微動了一下指尖。

然而光是這樣，鈴乃和艾伯特就分別維持揮著巨槌，以及握著拳頭備戰的姿勢動彈不得。

「總而言之，現在正好是關鍵時刻，我不希望你們在現場搗亂。要來的話，就必須等到適當的時機，也就是所有演員都到齊的時候。」

「你、說……什麼？」

「唔喔喔喔喔喔！」

儘管鈴乃和艾伯特都嘗試拚命抵抗，但還是連一根指頭都無法動彈。

「等所有演員都到齊之後再來吧。到時候無論是睡在那裡的艾米莉亞的父親，還是在上方悠哉過活的老皇帝，都任憑你們處置。」

「什麼？」

無論鈴乃還是艾伯特，都無法轉動脖子。即使如此，他們還是拚命睜大眼睛，確認睡在視野角落那張床上的男子身影。

「那麼，雖然不知道下次見面是什麼時候，不過再見啦。」

然而，一切都到此為止。

風景在視野中急速遠去。

無論是討人厭的大天使、低著頭在忍耐什麼似的馬勒布朗契、雲之離宮，還是床上的男子，眼前所有的光景都宛如萬花筒般分解——鈴乃和艾伯特被扔進了異空間。

「這、這是？」

「是『門』！可惡！」

兩人就這樣被推測是加百列開啟的「門」吞沒。

雖然想盡可能調整姿勢，但或許是受到剛才那股束縛之力的影響，兩人都無法順利地活動身體。

此外由於這是加百列透過壓倒性力量開啟的「門」，即使鈴乃等人想發動法術，門內的奔

流也完全不容他們反抗。

「可惡……可惡啊啊啊啊啊啊啊啊！」

鈴乃懊悔地吶喊。

結果居然是這種下場。

難道自己就只能被擁有壓倒性力量的對手輕易擊敗，在什麼也辦不到的情況下看著時間過去嗎？

「喂，是『門』的出口！」

「……唔，什麼？」

鈴乃擦掉眼角的淚水，將脖子轉向艾伯特的方向。

太快了。

明明被丟進門還不到一分鐘。

然而在異空間的遠方，確實出現了「門」出口的光芒。

這麼說來，他們該不會被丟到了地球或其他異世界吧？

「小心，不知道出去後會是哪裡！」

不用艾伯特提醒，鈴乃已經擺出了能應付各種狀況的防衛擊姿勢。

過不久，出口前方的光景開始帶著模糊的輪廓。

「……城鎮？」

「要出去了！」

世界突然取回顏色，充滿空氣，視野內不再是異空間的力量奔流，而是充滿溫暖的陽光。

兩人被扔到了空中。

不過只是依然能清楚看見底下行人動作的高度。

看來這裡是個大城鎮。

雖然「門」的開關會擾亂氣流，但靠近鈴乃和艾伯特身邊的鴿群還是迅速改變隊列逐漸散開。

聽得見敲鐘的聲音。奇怪。明明才和真奧分開了幾小時。

現在的艾夫薩汗，應該是晚上才對。

鈴乃用眼角確認太陽的位置後，倒抽了一口氣。

難不成這裡是——

「喂！妳會飛嗎？那棟大建築物的屋頂是平的。要降落囉！」

沒注意到鈴乃動搖的艾伯特，暫且先指了棟底下的大建築物。

在仔細觀察那棟建築物和街景後，鈴乃這次真的確信了。

「「唔！」」

利用法術滑翔的兩人，總算順利在艾伯特指的屋頂上著地。

然而鈴乃的動搖尚未平息。

艾伯特在著地後也跟著環視周圍的樣子，然後產生了和鈴乃一樣的擔憂。

「這、這裡是……」

艾伯特在從屋頂俯瞰底下的城鎮後啞口無言。

接著在看見遠方某座特別高大的建築物後，語氣顫抖地說道：

「聖．埃雷帝都……？」

「果然啊……」

鈴乃咬牙。

他們被扔到了不得了的地方。

位於艾伯特視線前方的，正是神聖．聖．埃雷帝國的帝城——伊雷涅姆的雄偉身影。

就某種程度而言，現在的狀況比不小心跨越世界還要嚴重。

兩人被從皇都．蒼天蓋，扔到了世界地圖的另一側。

由於鈴乃無法在缺乏放大器的情況下使用「開門術」，因此若想再度回到蒼天蓋，就必須使用聖具「天之梯」，但那項聖具位於帝都西端——即使從帝城騎馬，也要兩天才能抵達的聖．埃雷大教堂。

然而現在的鈴乃和艾伯特，根本就沒有餘裕花好幾天的時間移動。

如今萬事休矣。

鈴乃無力地癱倒在教堂屋頂，不過即使如此，她還是勉強從法衣懷裡掏出手機。

她現在唯一能做的，就是告訴真奧這難堪的狀況。

可是就算通知到真奧，現在的他又能做什麼呢？

若得知鈴乃等人陷入絕境，真奧一定會不顧自己的安危行動。

不過即使毫無戰鬥能力的真奧現在行動，鈴乃也不認為他有辦法同時應付三名大天使。

「可惡……」

就在鈴乃像個小孩子般悔恨地握緊拳頭，打算捶教堂的屋頂時——

「喂、喂，等一下。或許不用那麼悲觀也不一定。」

「……咦？」

「既然帝城在那裡，就表示這裡是歐雷亞斯區。換句話說……那裡！那棟建築物，就是法術監理院。」

「法術監理院？那是艾美拉達小姐的……嗯？聖．埃雷的歐雷亞斯區？等、等等，這麼說來，難不成這棟建築物……」

鈴乃看向自己剛才打算用拳頭敲碎的屋頂，然後睜大了眼睛。

「沒錯。如果我的記憶正確，審理的地點在這裡，聖·埃雷教區的歐雷亞斯區大教堂。」

鈴乃感覺自己癱在地上的雙腿，再度恢復了力氣。

還有希望。要是一切順利，或許馬上就能重回蒼天蓋也不一定。

艾伯特回視鈴乃的雙眼，用力點頭說道：

「艾美現在，就在我們腳下。」

※

一陣強風突然吹起，烏雲開始覆蓋蒼天蓋的天空。

在連接蒼天蓋大天守的城牆上眺望那幅風起雲湧景觀的加百列，仰望隱藏在雲後方的傍晚月亮，輕聲笑道：

「雖然原本應該就沒人在看，不過這麼一來，無論這座都市在這個瞬間發生什麼事，都不會有人注意到。」

這段被強風吹散的話語，並未傳到任何人耳中。

「勇者艾米莉亞，以及率領新生魔王軍的惡魔大元帥艾謝爾。這下演員都到齊了。你們一定是這麼想的吧？太天真了。你們就盡情享受這場沒有腳本的戲劇吧。」

加百列看著蒼天蓋北部的郊外，心滿意足地點頭。

「人如果過得太輕鬆，就會變得沒用。必須在某個地方拚命動起來才行。因為我們也同樣活著啊。」

※

「這是……怎麼回事？」

負責義勇軍戰鬥的將校，發出緊張的聲音。

「艾謝爾該不會設了什麼陷阱吧？」

也難怪將校會起疑心。

號稱是艾夫薩汗最雄偉、美麗的皇都．蒼天蓋中央區，居然悄然無聲。

按照斥候到昨天為止多次提出的報告，皇都內確實因為義勇軍的接近和警戒其與艾謝爾的開戰，而蔓延著非常不穩的氣氛。

當然也有可能是艾謝爾在察覺義勇軍接近後，下達了戒嚴令。

不過呈現在斐崗義勇軍前的光景與其說是戒嚴令，不如說是大都市的廢墟。

在完全不見任何人影的大都市中心、筆直通往天守閣的大道上，雖然就和其他大都市一樣隨處可見透過法術點亮的路燈，但除此之外，就只剩下偶爾會從雲間照射下來的月光，以及從烏雲吹下來的溼潤空氣。

「怎麼會，如此詭異……令人窒息。」

領頭的將校流著冷汗，煩惱究竟要不要下達通過大道的命令。

「你們從後面跟上來。」

在看見那道從旁邊輕鬆騎馬過去的身影後，將校驚訝地睜大眼睛。

「艾、艾米莉亞大人？」

「不過，僅限於對自己實力有自信的人。這裡和至今攻打的城鎮完全不同。如果跟不上我和奧爾巴，一被包圍就會失去性命。」

「……」

像是被那句話拉過來般，奧爾巴也騎著馬從後方出現。

他的表情不知為何險惡地扭曲，完全看不見至今展現的餘裕。

惠美僅將視線轉向奧爾巴——

「我打頭陣應該沒關係吧？」

同時犀利地問道。

「……沒辦法了。」

奧爾巴的回答聽起來毫無活力。然而就連什麼都不知情的將校，都能感覺得出其中充滿了沒有其他答案的苦澀。

惠美對這回答滿意地點頭，然後迅速跳下馬。

「對不起，這段期間都沒給你好臉色看。」

邊撫摸美麗的馬鬣邊道歉的惠美跳到地上後，用力吸了口氣，然後一氣呵成地喊道：

「顯現吧！吾之力量，乃為毀滅邪惡者而生！」

隨著這聲吶喊響起，一陣強風以惠美為中心向周圍擴散。

惠美聖法氣的奔流朝夜空放射出一道光芒，如今包圍她身體的聖法氣，擁有和在日本時完全無法比擬的密度。

「進化聖劍・單翼（better half）」從惠美手中爆發的閃光內現身，並展露出和至今截然不同的巨大質樸劍身。

包圍身體的聖法氣凝結為實體，那道覆蓋全身的白銀光芒，名副其實地是從「進化天銀」誕生出來的神器──「破邪之衣」的完全體。

和過去與魔王軍戰鬥時還不存在的左手護甲結合在一起的圓盾（round shield），是惠美透過與身為「基礎」碎片的阿拉斯・拉瑪斯融合後，所實體化的全新力量。

少女的長髮宛如被聖法氣淨化般轉變為白銀的絲線，眼睛也染上了令所有惡魔為之顫慄的神聖紅色。

過去曾經拯救整個安特．伊蘇拉的勇者艾米莉亞．尤斯提納的完全姿態，再度降臨被惡魔支配的蒼天蓋。

艾米莉亞變身後的威容，看在義勇軍眼裡便宛如地上出現了一個新的月亮，讓備受感動的他們齊聲吶喊。

他們確信這場戰鬥將會勝利。

這次「聖劍的勇者」將率領我軍對抗邪惡的惡魔，打破籠罩安特．伊蘇拉的黑暗並漂亮地取得勝利——他們對這點毫不懷疑。

艾米莉亞背對這陣歡呼，在光芒中露出自嘲的笑容。

自己哪是什麼勇者。

即使獲得了比過去將魔王逼上絕境時還要強大、完美的力量，自己在這裡依然只不過是個暖場的而已。

「那麼……不曉得艾謝爾到底準備了什麼樣的舞臺。」

這句混雜在聖法氣奔流中的呢喃，就連旁邊的奧爾巴也沒聽見。

上次露出像這樣的無畏笑容，不曉得是多久以前的事了，艾米莉亞靜靜地從地面緩緩飄浮到空中。

那道與天之騎士相稱的身影，讓義勇軍再次歡聲雷動。

「……要走囉，奧爾巴。」

「我知道……不過，要是妳敢輕舉妄動……」

「這我當然知道，我會全力與艾謝爾戰鬥。這樣就行了吧？」

「……嗯。」

奧爾巴雖然不甘心，但在清楚艾米莉亞還沒放棄麥田後，便稍微露出放心的表情，跟在艾米莉亞後面從馬鞍上飄浮到空中。

「目標，蒼天蓋天守閣的惡魔大元帥艾謝爾！各位，跟隨我吧！」

「喔喔喔喔喔喔喔喔喔喔喔喔喔喔喔喔喔喔喔！」

為了回應艾米莉亞的鼓舞，義勇軍的吶喊聲震撼都市。

「別落後了，奧爾巴！天光駿靴！」

艾米莉亞宛如貫穿夜晚的月光般，在皇都的大道上飛翔，奧爾巴也用飛的緊跟在後。

斐崗義勇軍中的八巾騎兵多達數千，他們的馬蹄也跟著在後面發出踏破大地的聲音。

「右翼出現惡魔！他們來了！」

一刻也沒有放慢飛行速度的艾米莉亞，以尖銳的聲音對奧爾巴喊道。

「唔！」

奧爾巴在確認情況之前，便先朝那個方向放出風之刀刃。

像是在追趕飛翔的艾米莉亞和奧爾巴般，無數的馬勒布朗契接連現身。

雖然有些馬勒布朗契在被奧爾巴的風刃擊中後墜落到民宅的屋頂，但對手好歹也是惡魔的士兵，並沒有軟弱到這樣就會喪命。

然而——

「繼續前進！目標只有艾謝爾一個人！別管那些小嘍囉！」

從皇都外圍往中央區奔馳的義勇軍們，在艾米莉亞的號令下加快速度前進。

無論是奧爾巴，還是義勇軍的士兵們，都無暇給受傷的馬勒布朗契致命的一擊。

馬勒布朗契的小隊宛如會飛的蟲子般零星出現，這樣的數量不僅明顯不足以防衛首都，陣容的安排也怎麼看都像是要讓他們白白送死。

對方似乎也明白這點，不是從遠方利用魔力進行遠距離攻擊，就是用刀刃和利爪交手幾回合後迅速撤退，重複著令人難以理解的行動。

話說回來，留在皇都中央區的八巾騎兵們都到哪兒去了？

如果艾謝爾真的有心想迎擊艾米莉亞和義勇軍，通往天守的大道上不可能完全沒有設置妨礙騎兵隊進攻的陷阱。

為了防衛皇都，馬勒布朗契就算利用留在皇都的八巾們來迎擊也不奇怪，但打從剛才開

始，就只看得見靠外表的魄力，來掩飾人數稀少這項事實的馬勒布朗契的身影。

不過包含奧爾巴在內，艾米莉亞根本就不給義勇軍的八巾騎兵們對這個奇妙狀況感到疑問的時間。

艾米莉亞從經驗上得知，只要展現過絕對的力量，就能輕易地讓跟隨在後的人們產生無論發生什麼事，艾米莉亞都會想辦法解決的幻想。

而畢竟只是人類，就「勇者的夥伴」這層意義而言，只被當成艾米莉亞附屬物的奧爾巴，根本就沒辦法阻止這股絕對的力量。

只要艾米莉亞按照奧爾巴的計畫行動，後者就無法加以阻止。

由艾米莉亞帶頭的義勇軍在毫無障礙的筆直大道上全速奔馳，眨眼間便抵達天守閣前方的護城河。

即使義勇軍們已經在天守閣的西大門前布陣，門依然被牢牢地關著。

就算後續部隊零散地和馬勒布朗契交戰，戰況還是沒有什麼太大的變化。

「那麼……」

「……」

艾米莉亞和奧爾巴仰望天守閣，但同時也沒放鬆對周圍的警戒。

「我是勇者艾米莉亞！我和斐崗義勇軍，一起來這裡解放皇都．蒼天蓋了！惡魔大元帥艾謝爾！快點現身吧！」

「唔嗯……？」

艾米莉亞充滿活力的聲音，讓奧爾巴難掩不安。

之前的艾米莉亞，明顯對作戰行動十分消極。

然而現在的艾米莉亞對戰鬥展現的意志，看起來甚至比過去和魔王軍作戰時還要堅強。

「……『冷豆腐』……和『蘘荷』究竟是什麼東西？」

艾米莉亞在看過那封艾謝爾的信後，態度就變了。

不過現在的奧爾巴沒有能夠懷疑惠美說詞的材料，並因此感到強烈的不安。

「喔喔，那是！」

就在這時候，空中迴盪起原本因為艾米莉亞的力量，而鼓起勇氣的義勇軍們恐懼的叫聲。

「那是……」

「他、他過來了！」

「唔！」

艾米莉亞目睹了那道位於聲音指示的遙遠上方，蒼天蓋天守露臺的身影。

「虧你們有辦法來到這裡呢！勇者艾米莉亞，以及骯髒的人類叛軍！」

光是那道宏亮的聲音，便足以震懾義勇軍的士兵。

那是一道蘊含魔力的聲音。

力量和內心軟弱的人，光是聽見惡魔的聲音就會喪失意志，或甚至昏迷過去。

那位君臨蒼天蓋天空的男子，並不是在笹塚穿著衣領鬆弛的上衣和磨損的褲子、為存摺餘額或喜或憂的蘆屋四郎。

而是過去率領眾多惡魔、以魔王軍四天王的身分支配東大陸的惡魔大元帥艾謝爾。

他上半身的鎧甲和隨風飛揚的斗篷一看就知道是高級品，無論打扮還是散發出來的不祥氣息都毫不愧對惡魔大元帥之名。

艾米莉亞和艾謝爾散發的氣勢激烈地碰撞，甚至讓人覺得兩人視線交會處的空間將產生扭曲。

「不過這麼做實在是太愚蠢了！勇者艾米莉亞！明知道我擁有『冷豆腐』和『蘘荷』的力量，居然還想與我為敵！」

「那、那些話都是真的嗎？『冷豆腐』和『蘘荷』究竟是什麼東西？」

艾謝爾充滿魔力和魄力的話語，讓奧爾巴感到驚愕不已。

側眼看著那幅場景的艾米莉亞一面拚命忍笑，一面以毅然的態度回嘴。

而那就是暗號。

「愚蠢的人是你，艾謝爾！『我和聖劍』的『冷豆腐』不需要『蘘荷』！無論過多久，這點都不會改變！」

是代表惠美有確實收到艾謝爾訊息的暗號。

「……好吧。」

艾米莉亞清楚地看見，從遙遠高處俯瞰這裡的艾謝爾嘴角露出了笑容。

「既然妳都說到這個地步，那我也只好用實力讓妳了解什麼叫做現實了！勇者艾米莉亞啊！過去我們未能分出的勝負，今天就在這裡一對一地做個了斷吧！」

「正合我意！」

「等、等等，艾米莉亞，那樣…………唔？」

從旁人的角度來看，艾米莉亞完全中了艾謝爾的挑釁，因此奧爾巴慌張地想出手制止。

然而卻有兩道人影，阻擋在想制止已經開始上昇的艾米莉亞的奧爾巴面前。

「你該不會……想要妨礙一對一的榮譽對決吧，奧爾巴·梅亞。」

那是年輕的馬勒布朗契頭目，法爾法雷洛——

「雖然我個人有很多事情想問你，不過如果你無論如何都要妨礙，那就由我們來當你的對手。」

以及率領新生魔王軍的現任首席頭目，巴巴力提亞。

「我是不知道你和天使們在策劃什麼奸計……但艾謝爾大人和愚蠢的我們可不一樣。」

巴巴力提亞的聲音裡帶著深沉的苦悶與後悔。

被眼前這名人類唆使的愚昧過去，讓他後悔得不得了。

「等這場鬧劇結束之後，無論受到什麼樣的懲罰我都會虛心接受。不過，到時候我一定會拉你來作伴。」

「唔……」

奧爾巴雖然憤恨，但同時面對兩名頭目等級的對手，即使是奧爾巴也無法輕易取勝，縱使順利排除這兩名護衛，到時候他也無力再介入艾謝爾與艾米莉亞的戰鬥。

奧爾巴明確地感覺到某件事情開始脫離了軌道。

以艾米莉亞現在的力量，就算要一口氣打倒艾謝爾和這兩個人也不是什麼難事。

不過這件事情，應該是奧爾巴和「他們」所擬定的計畫的最終階段。

難道「他們」不覺得這個狀況可疑嗎？

無視奧爾巴的混亂，艾米莉亞和艾謝爾目前正在遠遠高出蒼天蓋的天守許多的高空對峙。

與神聖銀光和邪惡黑光的存在感相反，兩人所處的天空靜謐得嚇人。

「……真令人懷念。」

首先開口的人，是艾謝爾。

「……的確。」

「當時妳也是和許多八巾騎兵一同來到這座城堡。」

「你也帶領著更多的惡魔呢。」

「我可是完全不認為自己有輸給妳。」

「只是戰略性的撤退，對吧？」

艾米莉亞突然仰望更高處、被厚重雲層遮蓋的天空說道。

「那天……魔王從空中出現。」

互相對峙的兩人，回溯起兩年前的記憶。

勇者艾米莉亞曾打算解放皇都．蒼天蓋全區，並徹底驅除支配東大陸的惡魔，而那天阻擋在她面前的人，就是艾謝爾。

戰鬥持續了好幾個小時，面對艾米莉亞壓倒性的力量，艾謝爾眼看就要敗下陣來。

就在那時候。

打算與艾米莉亞同歸於盡的艾謝爾後面，響起了一道聲音。

艾米莉亞比誰都想聽見那個聲音。

她比誰都想見到那道身影，並下定決心要消滅聲音的主人。

那是魔王撒旦的聲音。

即使擊敗了包含艾謝爾在內的所有惡魔大元帥，替人類奪回了絕大部分的世界，那個聲

音、那道身影、那股魔力，依然讓艾米莉亞在憎恨的同時，感到了恐懼。

在親眼目睹毀滅自己一切的元凶，第一次感受到那股強大的力量時，艾米莉亞的心中產生了更加強烈的憎恨，以及壓倒性的恐懼。

假使自己輸給這個存在，那麼無論是世界、父親的靈魂，還是故鄉的村子，都將在無法獲救的情況下終結。

她至今仍無法忘懷當時感受到的那股陰暗、沉重又痛苦的感情。

當時的魔王撒旦，是為了規勸打算以自身性命挽回劣勢的艾謝爾，命令他撤退而來。

而那也是艾米莉亞首次與他對話。

與世界的敵人。

『　　　　　　』

『　　　　　　』

將意識拉回現在的艾米莉亞，不知為何無法馬上回憶起當時的對話。

不過那件事本身只是單純的回憶，並非現在需要的記憶。

艾米莉亞輕輕搖頭，重新看向艾謝爾。

「他真的，會來嗎？」

「一定會來。不過……我既不知道那將是什麼時候，也不知道到時候會發生什麼事情。」

艾謝爾本人，也無法預測真奧的到來將為狀況帶來什麼樣的影響。

即使如此，就算不用詳細交談，艾米莉亞和艾謝爾對某件事情的看法依然是一致的。

真奧絕對不會做出破壞那段在日本度過的時光的事情。

「知道了吧，所以現在……」

「什麼都辦不到的我們，至少要在還有力氣的時候，持續扮演自己的角色對吧？」

「就是這樣沒錯。」

艾謝爾握起拳頭，側身擺出架式；艾米莉亞也配合他揮動了一下聖劍，進入備戰狀態。

「在開始之前，我有件事情必須先向你道歉……都怪我太軟弱，害你們的……許多魔界人民，遭到殺害……對不起。」

「……這只不過是表示……妳和我都沒有足以壓倒一切的力量罷了。戰後的處理，等戰爭結束後再煩惱就行了。比起這個……」

艾謝爾看向被艾米莉亞稱為「最終形態」的聖劍最強外觀，低聲問道：

「阿拉斯．拉瑪斯沒感冒吧？」

「她很好喔。這孩子，比我們要來得堅強多了。」

「那……就最好了！」

艾謝爾威力強大的拳頭，伴隨著一道低沉的聲響襲向艾米莉亞。

惠美不慌不忙地用左手的盾牌，從正面接下那超越音速的一擊。

碰撞的衝擊產生強風，聲音和衝擊甚至散播到遙遠的地上。

「我自認為有使出全力呢。」

「我說過了，阿拉斯．拉瑪斯是很強的！喝啊啊啊啊啊！」

艾米莉亞彈開剛才接下的拳頭，打算用在經過破邪之衣的包覆後化為凶器的腳尖，踢向艾謝爾扭轉身體後露出破綻的軀幹，然而她的腳一碰到艾謝爾毫無防備的腹部，就發出一道尖銳的聲音被彈了回來。

「……好痛！」

惠美因為從腳尖傳來的衝擊而泛淚，接著兩人暫時拉開距離，彷彿最初的交鋒是一開始就講好的練習一樣。

「看來你硬的地方不只腦袋呢。」

「我的身體可是連杜蘭朵之劍都能彈開。如果不認真打，是傷不了我的。」

「……看來，這會是場比想像中還要辛苦的持久戰呢！」

「若不偶爾使出全力，感覺可是會變遲鈍的。」

「你還真敢說，既然如此，等結束後你可別抱怨啊！」

聖劍的劍刃反射出白色的光輝，臉上帶著無畏笑容的艾米莉亞隨手揮出一劍——

「天衝嵐牙！」

「唔喔喔喔喔？」

襲向艾謝爾全身的光之暴風，與惠美之前在新宿攻擊真奧的那次根本完全無法比擬。

艾謝爾為了防禦那股猛烈的光之暴風而繃緊身體，但也因此來不及對甚至超前那陣風來到眼前的艾米莉亞做出反應。

「空突閃！」

「咕唔唔唔唔唔唔唔！！！」

艾米莉亞使出艾伯特親自傳授的拳法，以最大的速度和威力直接打在艾謝爾的防禦上面，將他打飛了出去。

光是那陣風壓，就讓理應施過防禦法術的天守屋頂的瓦片碎裂，掉落到地面上。

雖然艾謝爾用魔力抵消了慣性，但艾米莉亞已經緊追到被打飛的艾謝爾面前。

「天光、炎斬！」

「沒用的！！」

這道勇者之炎過去曾在笹塚的戰鬥中傷過惡魔大元帥路西菲爾，但艾謝爾僅憑氣勢就將其揮開。

趁艾米莉亞還來不及從揮動神聖炎劍的姿勢恢復，艾謝爾在空中將身體轉了一圈，毫不留情地朝她的肩膀踢出一腳。

「痛……！」

雖說有破邪之衣的守護，艾米莉亞還是因為慣用手的肩膀挨了惡魔大元帥的全力踢擊，而痛得皺起眉頭。

那是個極大的破綻。

「唔，這、這是……！」

等回過神時，艾米莉亞的全身已經完全無法動彈。

艾謝爾從雙手放出能夠傳達強大念動力的光之線，奪走了艾米莉亞全身的自由，然後——

「喔喔喔喔喔喔喔！！！」

「唔、哇哇哇哇哇哇，等、等一下啦啊啊啊啊！！！」

艾謝爾讓艾米莉亞維持被念動力之線束縛的狀態，開始以自己為中心將她像旋轉木馬那樣迴轉起來。

『轉啊轉，轉啊——轉！』

「阿拉拉斯拉瑪斯，妳還這麼悠閒啊！」

儘管艾米莉亞奮力想要抵抗，但看來艾謝爾這次是來真的。

在被力量控制的狀態下，她根本無法好好地反抗。

「唔喔喔喔喔喔喔！」

「笨蛋啊啊啊啊啊啊！！！」

在迴轉產生的離心力達到最大的瞬間，艾謝爾居然直接將艾米莉亞扔向了蒼天蓋天守的屋頂。

伴隨著一股足以讓普通人粉身碎骨到不留痕跡的威力，艾米莉亞的臉正面撞上了蒼天蓋的屋頂。光是這股純粹的衝撞力道，便讓天守閣的屋頂彷彿被裝了炸彈般炸裂開來。

拜此之賜，曾被譽為東大陸第一建築的蒼天蓋天守，瞬間變得像喜劇演員的假髮被吹走後露出的光頭一般。

「……站起來！艾米莉亞！妳應該沒軟弱到這點程度就投降吧！」

「……沒錯，你說得對，我知道不認真不行，知道歸知道……」

以隕石般的速度撞上天守的艾米莉亞，在艾謝爾的怒吼下快速撥開建築物的碎片起身。

「我撞到鼻子了啦！這很痛耶！」

艾米莉亞雙手握住聖劍，拖著由建物殘骸形成的軌跡，宛如火箭般猛然飛向艾謝爾。

「喝啊啊啊啊啊啊啊啊！！」

「喔喔喔喔喔喔喔喔喔喔喔！」

惠美亂劍砍向艾謝爾，「進化聖劍・單翼（better half）」反射的光芒宛如流星般留下一條條白銀的殘光。

由於聖劍劍尖從四面八方揮過的軌跡實在太快，看在從地面抬頭仰望的人類們眼裡，艾米莉亞的身影就像是顆銀色的光球。

然而即使艾米莉亞每次揮劍都會響起一道尖銳的聲音，又有誰能想像得到那是艾謝爾完全看穿那些光速之劍，並進行防禦的聲音呢？

艾謝爾之所以能夠統整魔界各豪族，並以舊魔王軍將領的身分長久支配人類世界直到最後，其中一個主因就是這極為強悍的身體。

艾謝爾的身體，讓他甚至能空手接下在和阿拉斯・拉瑪斯融合後、進化到最終形態的「進化聖劍・單翼」，這樣普通的人類究竟要怎麼做才能傷害得了他呢？

光是展現出那壓倒性的身體強度，就足以讓東大陸的八巾精兵們對惡魔大元帥艾謝爾俯首稱臣了。

艾米莉亞的斬擊與艾謝爾的防禦完全陷入膠著，正當眾人以為他們會一直這樣你來我往地纏鬥下去時——

「光爆衝破！」

「唔！」

在艾米莉亞喊出的法術詠唱完成的瞬間，一股並非劍光的光之衝擊波，從她的身體中心向周圍擴散開來。

集中精神應付斬擊的艾謝爾慢了一拍才反應過來，等他的指尖隱約感覺到熱氣時，整個視野已經被光所籠罩。

就連曾在銚子彈飛馬勒布朗契們的光芒，也無法對艾謝爾的身體造成任何嚴重的損害。

然而這樣的光量，已經足以短暫奪取他的視力。

艾米莉亞精確地捕捉艾謝爾那未滿一秒的破綻，穿過他用來架開最後一道斬擊的手臂——

「喝啊啊啊！」

「唔呃！」

接著她的腳跟，筆直地刺進了艾謝爾的胸口中心。

身體表面上完全沒有傷痕。

不過勇者全力的一踢所產生的衝擊在艾謝爾的體內奔走，讓那具最硬的身體直接化為最硬的隕石撞上天守，害光頭的最上層開了一個大洞。

艾米莉亞與艾謝爾戰鬥得愈久，連奧爾巴都認同的美麗名勝——蒼天蓋天守就被破壞得愈嚴重，在經歷屋頂被打飛、牆壁被削掉、陽臺被粉碎等零碎的折磨後，已經完全看不出來原本的樣貌。

「這是回敬你的，艾謝爾！站起來！應該不會這樣就結束吧！」

「……哼，要是現在就拚命使出全力，晚點體力透支我可不管喔。」

兩人的立場對調，這次換艾謝爾緩緩撥開瓦片仰望艾米莉亞。

「這句話，我原封不動地奉還給你。」

「真是嘴硬……」

艾謝爾不禁咂嘴，再度緩緩浮上天空。

「不過我還是先警告妳，別把天守破壞得太嚴重。要是波及到底下，妳可是會後悔的。」

「啊？」

明明是惡魔的臉，艾謝爾依然像個要對孩子揭露重大祕密的父母般，以平靜的笑臉說道：

「諾爾德．尤斯提納被關在雲之離宮。雖然他身邊有護衛在，但若不小心讓天守受到太大的傷害波及雲之離宮，難保不會有什麼萬一。妳應該不希望因為這種鬧劇，再度失去好不容易活下來的父親吧？」

艾米莉亞這一瞬間的心情，實在是難以言喻。

彷彿連呼吸都停止般的停滯，以及驚愕。

然後是逐漸變紅的臉頰，以及泛出淚水的眼眸。

按照艾謝爾的說法，艾米莉亞長久以來追求的夢想的一部分，就在伸手可及之處。

「……真的嗎？」

「如果那男人，真的是妳父親的話。他是和我一起被人從日本帶來的。」

艾米莉亞倒抽了一口氣。

雖然艾米莉亞不知道艾謝爾是怎麼來到安特．伊蘇拉的，但沒想到居然會在這種場合，得知加百列所說的話——父親還活著而且人在日本——是真的。

「爸爸……真的在日本……一直，在我附近？」

「近不近我就不知道了。最早遇見那個男人的，是魔王大人。」

「……是，這樣嗎？」

在日本找到父親的，是真奧。

艾米莉亞仔細地將艾謝爾告知的事實，一個一個收進心裡。

「不過理所當然地，若按照現狀繼續維持下去，諾爾德絕對不會回到妳身邊。控制我們這個舞臺的幕後黑手，正在監視這場戰鬥。只要一輕舉妄動，諾爾德瞬間就會被送到妳無法介入的地方。」

「……這樣啊。」

「怎麼了，失去幹勁了嗎？」

艾米莉亞平靜地回答，而蘆屋雖然開口這麼問，但他當然也知道這個問題沒有意義。

因為艾米莉亞紅色的眼睛，正散發出宛如惡魔般的鬥志。

「謝謝你，我打起精神了。」

「看妳的表情，好像要就這樣將世界夷為平地的樣子。」

「你居然敢對女孩子講這種失禮的話。聽完剛才的話後，我已經做好持續表演的覺悟了。還有在表演結束後，再多大鬧一場的覺悟。」

「……很好！」

掀起斗篷的艾謝爾全身散發出邪惡的光芒，重新燃起鬥志朝艾米莉亞發動突擊。

艾米莉亞也同樣讓聖法氣遍及全身，舉起聖劍準備架開艾謝爾的攻擊，在重新飛行前揮下聖劍。

※

在靠不住的燭臺燈火旁邊，真奧貞夫抱著ＬＥＤ燈喃喃自語。

「呼啊啊啊……啊，好暗。」

「現在不是說這個的時候吧。喂，身體怎麼樣？」

真奧放下提燈，看向從床上撐起上半身的艾契斯的臉。

「嗯……頭有點痛……還有脖子也是……」

「畢竟是用那種飛法。」

就物理的角度來看，用從額頭噴射出來的能量飛上天空實在太亂來了。光是想到要用脖子的肌肉來承擔使用在推進上的能量，就讓真奧覺得脖子和背似乎痛了起來。

「雖然我大概記得發生了什麼事……不過後來到底怎麼樣了？」

艾契斯的問題，讓真奧露出憂鬱的表情。

「還能怎麼樣。」

掉進防洪池的真奧在全身溼淋淋的情況下，背著昏倒的艾契斯回到旅館，不過想當然耳地，巡邏的鑲紅巾騎兵在收到餐廳老闆的檢舉後找上門來，對真奧逼問了一番。

「所以……最後怎麼了？」

「我搬出了鈴乃和大法神教會的名字，之後為了避免事情鬧大，我賄賂來調查的鑲紅巾請他們閉嘴了。」

「唔哇。」

只能說真奧以一個人想得到最差勁的方式解決了問題。

雖然沒有人受傷，但他們奇怪的行動還是造成騷動並在路上開了個大洞。

正常來講，這狀況就算立刻被逮捕也不奇怪。

不幸中的大幸是，鈴乃於旅館逗留時在登記簿上記載了教會祭司的身分，將問題拉抬到現場的鑲紅巾無法判斷的國際問題，不過就算一兩天後有上層的八巾來逮捕他們，也完全沒什麼好意外的。

「事情就是這樣，我們必須盡早離開這座旅館。如果妳身體沒事，我們就走吧。」

「嗯……」

艾契斯露出順從的表情，看著真奧回到提燈底下。

「真奧？你從剛才就在幹什麼啊？一直發出奇怪的聲音。」

艾契斯在陰暗的房間裡注視著真奧的手邊，看來他正在將提燈橫放，並轉動著某種東西。

「鈴乃和艾伯特都沒跟我聯絡。明明他們都已經離開八小時了。」

「八小時？啊啊，已經那麼……真奧！」

「別問我為什麼沒叫妳起床喔？妳現在也並非通常的狀態。在摸清楚妳的身體狀況之前，可不能輕舉妄動。這不只是為了我，也是為了妳好。」

真奧說完後，指向艾契斯的額頭，後者也急忙將手抵在自己的額頭上。

少女的額頭目前仍在淡淡地發光，雖然真奧費了好一番工夫才沒讓鑲紅巾的士兵看見這幅景象，但現在說這個也於事無補。

艾契斯在消化完這段話後，看向真奧手邊。

「……沒聯絡和那個東西有什麼關係嗎？」

「多少是有，我剛才在幫手機充電。畢竟我現在完全無法使用力量，這麼做應該稍微有助於接受『概念收發（Idea-link）』。真是的，掉進水裡還沒壞可說是奇蹟呢。」

真奧在轉的是能透過手搖式充電點亮ＬＥＤ燈、收聽廣播、以及替手機充電的優秀戶外用品。

自從來到安特．伊蘇拉以後，真奧的手機就只有在和艾伯特交換號碼時充過電，即使是功能較少的舊式手機，電池也差不多沒電了。

雖然真奧拚命轉動把手，但不曉得是機種的問題還是使用方法錯誤，充電速度並沒有說明書上說的那麼快，真奧已經持續轉了三個小時。

或許落水帶來的影響比想像中還要大也不一定。

「我已經轉到快得腱鞘炎了。這讓我重新體會到人類的身體真的很脆弱。」

說完後，真奧苦笑地望向艾契斯的額頭。

「對了，艾契斯。結果怎麼樣？阿拉斯．拉瑪斯在戰鬥嗎？」

艾契斯似乎也隱約記得額頭化為火箭那一瞬間的事情。

她輕輕搖頭——

「……我也不太清楚。」

然後低聲說道：

「不過剛才胸口似乎充滿了超過極限的暖意。」

「雖然妳難得正經起來感覺很有說服力，但妳該不會忘了另一個超過自己極限的事吧？」

真奧指的是艾契斯硬塞進肚子裡的那堆溫熱的東西，但後者巧妙地裝出沒聽見的樣子。

「可是現在……」

接著少女持續以嚴肅的口吻，筆直地指向某個方位。

「現在我知道了。『基礎』正以驚人的力量，和另一個漆黑的力量戰鬥。」

「這裡的東南方……是皇都中央的方向。」

真奧將意識集中到艾契斯指示的方位。

然而從「基礎」的氣息身上，原本就感覺不到魔力或聖法氣。

既然艾契斯用「驚人的力量」來形容，由此可見惠美應該發動了與對上加百列時相當的聖法氣。

如此一來，即使這裡是皇都外圍的郊外，真奧也無法感應得到。

「可惡，我該不會真的有哪裡出毛病了吧？」

無論真奧再怎麼握拳苦惱，都想不出解決的頭緒。

而且目前還有個更嚴重的問題。

入侵蒼天蓋中央區的鈴乃和艾伯特究竟怎麼了？

若惠美解放了阿拉斯·拉瑪斯的力量和某人戰鬥，那麼她的對手只有可能是蘆屋或天使。

雖然不清楚這場戰鬥是從何時開始，但無論鈴乃的計畫成功或失敗，在戰鬥開始時應該都會傳來聯絡才對。

「無法由我們這邊主動聯絡實在太不利了。」

聚集不了魔力的真奧，沒辦法對鈴乃或艾伯特的手機發出「概念收發（idea-link）」。

「喂，真奧。」

艾契斯以嚴肅的表情對皺著眉頭的真奧說道：

「我知道真奧的狀況很艱難。不過拜託你！和我一起去吧！姊姊就在附近！我無法忽略這點！」

「……」

真奧也以同樣嚴肅的表情回視艾契斯。

艾契斯剛才變成火箭時，真奧並沒有像這幾天使用艾契斯的力量時那樣出現身體不適的症

狀。

這樣看來，就算真奧無法使用聖劍，或許艾契斯還是能單獨行使力量也不一定。

在日本和卡邁爾戰鬥時，艾契斯的實力甚至還略勝他一籌。

雖然不曉得在來到敵我雙方的能量狀況都出現巨變的安特·伊蘇拉後，兩人的實力差距是否依然如此，但至少就現狀而言，艾契斯明顯比真奧派得上用場。

「……嗯？」

思及此處，真奧突然想起和艾契斯融合時的事情。

「喂，艾契斯。」

「什麼事？」

「妳以前是和諾爾德融合吧？」

「對啊？」

「那妳現在有辦法和我分開嗎？」

「咦？呃，這個嘛……」

艾契斯驚訝地睜大眼睛。

「因為當時對象是爸爸，我才覺得沒問題，不過我也沒試過恢復，所以……」

「沒試過？但妳在笹幡北高中時，不是很輕鬆就和我融合了嗎？而且還講得好像從諾爾德移到我身上很簡單似的。」

「因為『對象是真奧』，所以我才會說移轉起來很簡單。不過既然我這邊出現了這麼多問題，或許其實我們合不太來也不一定。啊，不過鈴乃和艾伯特是原本就確定不行。」

「啊？」

「千穗神奇地似乎沒問題。天彌好像可以又好像不行。梨香和木崎不行。姑且不論人品，路西菲爾和我應該最合得來。那個臭天使去死，不可能，我連考慮都不想考慮。啊，既然那個叫惠美的人能和姊姊融合，我想應該也沒問題。」

「那、那是怎樣？」

儘管臭天使應該是指沙利葉，但被艾契斯判斷沒問題——換句話說就是可以融合的對象，彼此之間完全沒有共通點。

真奧、惠美、千穗、漆原和諾爾德可以融合，天彌則是無法確定，但就算說鈴乃、沙利葉、艾伯特、梨香和木崎不行，真奧也搞不清楚其中的標準。

正因為不曉得標準，所以他對漆原莫名獲得高評價這點實在難以釋懷。

真奧一想到蘆屋和艾美拉達不知道會被分在哪一邊，就徹底弄糊塗了，但在想起和艾契斯融合時的事情後，他還是產生了一個疑問。

由於當時是在一片混亂中聽見，因此他直到現在才回想起來，不過這件事絕對不能被含糊

帶過。

「喂，艾契斯。該不會妳之前說的『宿木（憑依）』……」

在和真奧融合前，艾契斯曾經稱真奧為「宿木」。該不會艾契斯和阿拉斯．拉瑪斯，就是用這個來稱呼能夠融合的人類吧？

「啊，嗯。就是用來指可以的那些人。」

然而真奧在接受的同時，又產生了新的疑問。

「這樣不是很奇怪嗎？」

「哪裡奇怪？」

「所謂的『宿木』，是指寄生在宿主身上的植物吧（註：宿木在日文中，有寄生在其他樹木上的草木之意）？明明是妳和阿拉斯．拉瑪斯跟我們融合，為什麼是我們被叫做『宿木』？」

「嗯？這一點都不奇怪吧？」

「啊？」

艾契斯若無其事地以心不在焉的表情乾脆回答：

「這世界所有擁有智慧者，都是生命之樹的『宿木』。真奧，你大概搞錯順序了。」

「順、順序？」

變得更加混亂的真奧陷入沉默，但艾契斯完全不給他繼續思考的時間：

「喂，真奧！先別管這個了！姊姊有危險！快帶我去姊姊那裡！真奧不動的話，我也沒辦法動啦！」

「喔、喔……」

「無論是什麼樣的敵人，只要讓我過去和姊姊聯手，一定大概或許說不定都能打贏，真奧只要待在安全的地方休息就行了，拜託你！我們現在就走吧！」

「在各方面來說，我都變得不太想去了。唉……」

艾契斯消極的保證完全無法讓真奧感到安心，但既然阿拉斯．拉瑪斯在戰鬥，就表示惠美已經和某人開戰了。

儘管真奧完全感覺不到相關的氣息，不過艾契斯平常就算開玩笑，也不會說沒意義的謊。

「艾契斯。」

「什麼事？」

「惠美……不對，阿拉斯．拉瑪斯她還好嗎？」

「簡直就是精力充沛呢！」

雖然艾契斯的回答方式既老氣又非常抽象，但總之惠美和阿拉斯．拉瑪斯都是在良好的狀態下使用力量。

「艾契斯，妳會騎機車嗎？」

「真奧，你該不會要騎機車去吧？我應該是會騎，但現在沒有那個閒工夫……」
「只要阿拉斯．拉瑪斯還平安無事，我們就要用機車移動。這點我絕不妥協。」
現在的艾契斯，恐怕還是能像之前從府中駕照考場飛到笹幡北高中那樣，帶著真奧一起在空中飛。
不過真奧否決了那個手段。
「鈴乃沒有傳來聯絡，惠美和阿拉斯．拉瑪斯都平安無事。那麼就算急著飛過去也沒有好處。我們必須盡可能延遲加百列和卡邁爾發現我們行蹤的時間。如果被他們發現我們在這裡，並將我們丟進『門』內，難保到時候還能從那裡和阿拉斯．拉瑪斯她們聯手戰鬥。妳也希望能確實見到姊姊吧？那就不要著急，不然原本辦得到的事情也會變得辦不到。」
「嗯……我知道了。我平常一直都在看爸爸開車和陪他去考駕照。所以只要大致知道怎麼控制車子，應該就會有辦法。」
「……嗯，說得也是。」
感覺考駕照已經是很久以前的事情了。
仔細想想，第一次遇見艾契斯和諾爾德，就是在為了考駕照而搭乘開往府中駕照中心的公車上。
「我絕對要把惠美帶回來，跟她討回我考駕照花的錢。」

真奧點點頭輕撫艾契斯的頭，在表現出極小的殘忍和復仇心後，拍了一下大腿起身。

「那就來收拾行李吧。啊，話說回來，鈴乃把機車鑰匙放哪兒去了？」

「真奧，在出發前可以先吃飯吧？」

「都掀起那麼嚴重的騷動了，妳居然還想吃飯？」

真奧笑著回答。

「在衝進蒼天蓋城前，我想先買幾樣東西。等到下個城鎮我再讓妳吃飯，妳先忍耐一下！」

真奧吐槽馬上恢復成平常那副德性的艾契斯。

艾契斯似乎也能理解這個回答，微笑的點頭，但在看見某個位於視野角落的東西後，她向真奧問道：

「真奧，這個？」

那是在艾契斯火箭事件前，真奧買給千穗和惠美當禮物的三根木湯匙。

工匠用一塊木頭直接雕刻出來的物品，似乎被當成吉祥物重視。

千穗的湯匙上刻有類似櫻花的小花。

惠美和阿拉斯．拉瑪斯的湯匙則刻了一對小鳥。

難得店家幫忙包裝，但在經歷墜入防洪池的悲劇後，真奧只好像這樣把東西從報廢的包裝

和盒子裡拿了出來。

「啊，對了，這個該怎麼辦。要是雕飾的地方壞掉就沒意義了，得好好用緩衝素材包起來才行。」

真奧試著尋找能包三根湯匙的東西，不巧的是放眼望去，周圍完全沒有能夠仔細地保護精密木頭雕飾的緩衝素材。

就連他迷惘的這段期間——

「這些鈴乃和艾伯特的行李要怎麼辦？」

「我們應該不會再回來這裡，所以只好帶走了。不過帶著又很礙事，還是先寄放在這裡讓艾伯特之後來拿？啊，不過既然發生了那場騷動，這些東西或許會被沒收……」

「喂，真奧，我記得在住進來之前，好像有說退房時水要怎麼樣對吧？」

「啊，妳是說井水和馬廄用水的費用吧……水要錢還真是難接受呢。明明就不怎麼好喝。」

得在出發前解決的問題依然層出不窮。

即使決定要離開這裡，也不能就這樣丟下一切離開房間，實際上等兩人退完房並牽出馬廄裡的機車，再加好預備的汽油時，已經是三十分鐘以後的事情了。

魔王與勇者，見證安特．伊蘇拉的變革

「那個男人有這麼強嗎？」

頂著龐克風爆炸頭的拉貴爾，在蒼天蓋郊外的山丘上觀看艾米莉亞和艾謝爾的戰鬥並驚訝地問道。

「我記得他在東京鐵塔時，不是被老加打得落花流水嗎？」

「唉～因為那時候是在日本吧。」

加百列冷淡地回答同伴的問題。

「他當時用的魔力，是由那個躲在佐佐木千穗背後的某人，硬是精製原本不存在於地球的魔力再聚集起來的東西，既然這裡能直接攝取純粹的魔力，那狀況應該不一樣吧。」

「該不會是艾米莉亞手下留情吧？」

「嗯？」

加百列轉頭看向另一個聲音。

那裡站了一位身穿紅色鎧甲，帶著一名年幼少年的高大男子。

「加百列，我記得艾米莉亞在獲得『基礎』之力後曾經擊退過你吧？為什麼她會和那種程度的惡魔打得不分上下？」

「卡邁爾，你的聲音好恐怖，該不會還在記恨前陣子的事情吧？」

「這都要怪你們每次一到最後就會鬆懈。我只是擔心明明計畫還沒完成，你們就以為事情已經結束了。」

卡邁爾的聲音裡，明顯參雜了對加百列悠哉態度的不悅。

「我還真沒信用。」

卡邁爾面無表情地瞪了抱怨的加百列一眼，然後低頭看向身邊的少年，伊洛恩。

「雖說還不完全，但艾米莉亞畢竟是質點之子的『宿木』。你應該很清楚那股力量不容輕視。」

「嗯，你說得沒錯，而且你前陣子才因此吃了『撒旦』的虧呢。」

「……你這傢伙……」

卡邁爾威嚇似的瞪向徹底擺出輕浮態度的加百列，但他也很清楚對方是個並非這樣就會動搖的男人。

「唉～即使如此，艾米莉亞也絕對不可能會輸。而且就算真有什麼萬一，只要我們稍微提早去幫艾米莉亞助陣就行了。我可沒有鬆懈喔。只不過我們不是要等艾米莉亞的力量，因為和艾謝爾與馬勒布朗契的戰鬥消耗得差不多後再和她接觸嗎？」

「說什麼消耗，他們都打幾個小時了。」

拉貴爾厭煩地嘆道。

「大概十小時多了。」

卡邁爾僵硬地說道。

沒錯，打從艾米莉亞和艾謝爾開始單挑，已經過了這麼長的時間。

即使是擁有超越人類力量的勇者和惡魔大元帥的戰鬥，以一對一決鬥來說，這樣的時間實在長得異常。

更何況兩人從頭到尾都毫不停歇地全力應戰。

「有什麼關係，就讓他們打到滿意吧。雖然我明白你想趕快結束，但如果因為焦急而在最後失誤，可是會像沙利葉那樣賠掉自己的一生喔。」

「嗯。」

「……唔。」

拉貴爾和卡邁爾像是想起什麼似的，表情複雜地皺起眉頭。

加百列因為兩人的反應苦笑地說道：

「唉，我們就冷靜地等待吧。過不久應該就會有一方體力不支……」

「！」

就在此時——

卡邁爾旁邊的伊洛恩迅速往旁邊轉頭。

「怎麼了嗎？」

一直遊刃有餘地笑著的加百列，首先發現伊洛恩的反應並向他問道。

「……嗯。」

「什麼事？」

卡邁爾和拉貴爾也看向伊洛恩，但後者依然目不轉睛地看向山丘那一頭的遙遠南方大地。

「有什麼東西過來了。」

拉貴爾和卡邁爾驚訝地看著伊洛恩的樣子，加百列則重新將臉轉向蒼天蓋的方向，在兩位天使看不見的地方揚起嘴角。

「伊洛恩，你說什麼東西來了？」

「那是……」

伊洛恩睜大眼睛，喊出那個東西的名字。

「…………我記得，那叫機車？」

「『機車？』」

拉貴爾和卡邁爾困惑地複誦。

「機車，機車……那是什麼，印象中好像在哪裡聽過。」

拉貴爾納悶地皺起眉頭，卡邁爾則是默默地追著伊洛恩的視線。

「總算來啦……」

只有加百列一個人滿意地低喃，鎮定地眺望蒼天蓋的戰鬥。

※

兩臺發出尖銳聲音的機車，全速在皇都中央區經過規劃的街道上奔馳。

騎著本田GYRO．ROOF的真奧貞夫，看著遠處的蒼天蓋城，以及於城堡上空展開激烈對決的銀色與黑色閃光怒罵道：

「鈴乃和艾伯特到底在幹什麼啊！這怎麼想都是最糟糕的展開啊！」

『真奧！那個！在那裡！姊姊！』

真奧透過騎士用的耳機無線電，聽見艾契斯興奮的聲音。

「我知道啦！妳太興奮，連話都講得支離破碎了！」

『真奧！已經可以了吧？用飛的吧！既然都來到了這裡，就不用再管什麼天使了！』

「我就說叫妳別急了！蒼天蓋很大！這個距離並沒有看起來那麼近，還沒辦法和他們聯手……喂，敵人來了！」

真奧看向正面大喊。

首都蒼天蓋城的外圍是貴族區，大批駐守在貴族區大門的騎士，似乎因為突然有神祕的機動物體朝那裡接近而慌成一團，但最後還是選擇了要排除入侵者。

他們應該是斐崗義勇軍的後衛部隊。

只見攻擊用的法術火球與弓箭，開始宛如暴雨般往機車身上招呼。

『真奧！不好了！怎麼辦？』

「全速衝過去！別怕什麼法術！」

『真的假的？雖然我是不怕，但被打到會很痛耶！』

「放心吧！相信日本車的實力！唔喔喔喔喔喔喔！！」

真奧再度催動引擎，車子發出尖銳的叫聲，同時穿越了義勇軍那宛如狂風暴雨般的攻擊。

『呀！我不管了啦！』

艾契斯見狀，也跟著豁出去似的緊跟在後。

無數的法術與箭矢，打在本田GYRO・ROOF特有的擋風玻璃和車篷上。

然而即使歪斜、熔化或是被開洞，身為日本技術力結晶的纖維強化塑膠車篷，依然替乘客擋下了所有攻擊。

『喔～好厲害～』

「別小看日本的技術啊！！」

伴隨著引擎尖銳的吶喊，真奧與艾契斯直接穿過了義勇軍後衛部隊的巡邏隊。

那股氣勢與魄力，讓義勇軍的八巾騎兵們閃躲似的讓開道路。

而他們慌張地從後方射來的箭，根本追不上全速奔馳的GYRO・ROOF。

真奧與艾契斯的眼裡，就只有那擁有壓倒性的力量、於空中縱橫馳騁地激戰的兩人。

「阿拉斯・拉瑪斯、蘆屋、惠美！我來啦啊啊啊啊啊！」

真奧遠遠地就能清楚看見惡魔形態的蘆屋，和提著巨大聖劍半天使化的惠美在上空展開激烈衝突的身影。

『真奧！後面有什麼東西過來了！』

此時傳來艾契斯緊迫的聲音。

真奧瞄向後照鏡，發現剛才甩掉的士兵裡，居然有一隊八巾騎兵策馬追了上來。

當中甚至還有些人已經將箭架上弓，準備射擊。

「冷靜點，艾契斯！用那個吧！」

『咦？這種虛張聲勢的手段真的有效嗎？』

「我們的敵人不是八巾！只要嚇嚇馬，拖延他們的腳步就行了！動手吧！」

『收到！』

艾契斯應答了一聲後，便從吊帶褲懷裡掏出厚度宛如門簾的紅色條狀物。

那是兩人在艾契斯化為火箭的村子，看見的驅魔用鞭炮。

『點火槍真方便……呀啊啊啊啊啊啊啊啊！！』

在機車上使用點火器的艾契斯發出慘叫，那道聲音透過耳機震撼真奧的耳朵，緊接著周圍便被誇張的炸裂聲所掩蓋。

由一長串條狀物構成的鞭炮，開始因為導火線的火而接連爆發。

「笨蛋！妳在幹什麼，快點丟出去！不然會燙傷啊！」

『呀啊啊啊啊咳、咳！！』

艾契斯邊怪叫邊咳嗽，將鞭炮往背後的地面丟。

真奧也一樣從連帽衣懷裡拿出一串鞭炮，用點火槍點火，然後快速地往後丟。

背後充滿了炸裂聲和爆炸產生的煙霧，在瞄了一眼後照鏡，確認打算射箭的八巾的馬陷入恐慌後，真奧便直接加速奔馳。

「艾契斯！妳沒事吧！」

『煙好嗆……咳、咳！』

「看來是沒事！喂，才剛說完，前面又出現了新的分隊！快按喇叭！」

『喔啦啊啊啊啊啊啊啊！』

在中央區中間兩條大道的十字路口，果然也有一隊義勇軍在巡邏，他們在注意到這邊後，也和剛才那隊一樣慌張地迎擊真奧與艾契斯。

然而一陣震耳欲聾的強烈聲壓阻止了他們的行動。

真奧和艾契斯兩人拚命地按著機車的喇叭。

因為沒聽過這種噪音而動搖的義勇軍分隊不僅未能阻止真奧等人，還在受到聲音吸引看向兩人的瞬間被ＬＥＤ頭燈的強光照到眼睛，暫時失去視線。

利用這瞬間的破綻穿過防守的真奧臨走前丟下鞭炮，讓因為煙霧而混亂的士兵們無法立刻追擊。

或許是聽見了騷動聲，從和剛才混亂的部隊不同的小路衝出一隊騎兵，並追上了真奧與艾契斯。

『真奧！他們打算用長槍從旁邊攻過來！』

「冷靜點！鞭炮呢？」

『用光了！剩下的在車廂裡！』

「一開始的那次用太多了……喝啊！」

兩名騎兵衝向真奧，後者像剛才那樣用鞭炮阻止馬匹的腳步，並將某樣東西丟向艾契斯。

「接住！」

『這是什麼？』

「用那個噴馬的鼻子！」

『喔、喔？喔喔喔喔？？』

真奧丟給艾契斯的，是野外專用的大罐裝驅蟲噴霧。

真奧和鈴乃唯一沒起爭執就買下來的露營用品，正在徹底脫離原本用途的地方，以絕對違規的方式發揮極大的效果。

臉部遭到殺蟲劑刺激的味道與飛沫直擊的馬兒明顯失常，陷入混亂摔倒在地。

艾契斯透過後照鏡確認跌倒的騎兵們沒有生命危險，同時不忍地說道：

『我對馬做壞事了……』

「這都要怪把牠們用在戰爭的人不好。」

真奧點出千古不變的問題癥結，將艾契斯的指責蒙混過去。

「喂，現在附近好像沒人。快從車廂裡補充鞭炮吧。」

真奧確認著周圍的狀況並暫時停車，然後下車打開車廂拿出大量鞭炮。

車廂裡雖然裝了旅行用的行李和鈴乃與艾伯特的個人物品，但真奧丟掉所有水和食物，將多出的空間全都拿來載進攻蒼天蓋時需要的對人武器。

當然這些利用在抵達中央區前，從農工區各個村子收集來的雜貨湊合而成的武器，都只有

虛張聲勢的效果。

然而若天使們察覺艾契斯認真使出的力量並對她發動總攻擊，難保艾契斯有辦法與之對抗，所以他們只好盡可能利用一般人也能勉強使用的武器。

不過若使用殺傷力太高的東西，並因此殺傷其他人，雖說是為了救蘆屋、惠美以及阿拉斯．拉瑪斯，還是會讓人感到良心不安。

於是真奧挑選的武器……

「喂，為了以防萬一，記得先把木刀放在隨時拿得到的地方。」

「欸……這樣會有一隻手不能用耶。」

「如果有什麼萬一，就直接丟向敵人。總之盡可能不要傷害人類。」

「就算不會傷害人……用這種方式戰鬥真的好嗎？」

也難怪艾契斯會如此抱怨。

在沒戴安全帽的情況下揮舞木刀、隨地亂丟大量鞭炮、用頭燈照別人的眼睛，以及按喇叭對周圍散布噪音。

這位惡魔之王和從構成世界的寶珠——質點誕生出來的奇蹟少女做的事情，根本就和飆車族沒什麼兩樣。

不對，即使找遍已經邁入平成年代的現代日本，也找不到有飆車族會用這種落伍、缺乏建設性，又極為小家子氣的方式，做出給人添麻煩的行為。

都做到這種地步了，反而讓人覺得沒在GYRO・ROOF上裝些奇形怪狀的裝飾物或製造噪音的喇叭有點可惜。

「接下來才是重點呢！」

然而真奧準備的似乎還不只這些。

「愈接近城堡，應該會愈難擺脫追兵，到時候就用這個。」

說完後，真奧拿出一個做工簡陋、用軟木塞封住的瓶子，那個瓶子外面纏滿了鞭炮，裡面則裝了黏稠的液體。

瓶口部分有張被軟木塞夾住、充當導火線的紙，一直延伸到瓶子裡面，無論怎麼看，那都是一個汽油彈。

「你是認真的嗎？」

艾契斯受不了似的問道，但真奧自信滿滿地回答：

「我們必須想辦法撐到和在那邊戰鬥的傢伙們，以及不曉得跑去哪裡的鈴乃會合！如果遇上必須由妳來戰鬥的狀況，難保我能夠平安無事，因此我想盡可能把使用妳的力量當成最後手段。妳的力量太顯眼了，所以這部分就先跟妳說聲『歹勢』啦！」

「……是喔。」

儘管不知道這樣究竟算誇張或是不起眼，但既然都到處散播噪音跟給人添麻煩了，感覺這早就已經不是力量顯不顯眼的問題，然而從真奧那連艾契斯都覺得怪怪的發音來看，他似乎打算硬是貫徹傳統飆車族的行事作風。

「鈴乃……拜託妳快點回來阻止真奧……這傢伙真難搞……」

不情不願地將鞭炮塞進懷裡的艾契斯，仰望在遠方上空展開的戰鬥，同時毫無緊張感地嘟囔道。

※

「……？」

就在惠美不曉得第幾次彈開艾謝爾的利爪時，她聽見了一陣奇怪的聲音。

那是某種尖銳的運轉聲逐漸靠近的聲音。

同樣發現這點的艾謝爾也停止攻擊，順著聲音傳來的方向望去。

那個聲音非常耳熟，而且感覺不應該會出現在這種地方。

「那是……」

在發出運轉聲的同時，從在下方布陣的義勇軍後方朝這兒逼近的那兩個東西是——

「「披薩店的機車？」」

艾米莉亞和艾謝爾異口同聲地驚呼。

那是日本的披薩店經常用來送外賣，附車篷的機車。

「那、那該不會是……」

不曉得該持續和艾謝爾戰鬥多久的艾米莉亞，已經開始露出疲態。

即使抱著魔王之後或許會出現的希望，她有時依然會懷疑這可能只是艾謝爾樂觀的推測。

畢竟艾米莉亞至今完全沒感應到若魔王來到這裡，應該會散發出來的強大魔力。

正因為是處於這種狀態，她才無法預測真奧究竟何時會現身。

「那傢伙……到底要亂來到什麼程度。」

他後來是否有順利考到駕照呢？

沒想到魔王居然會騎著機車，闖入勇者和惡魔大元帥的戰場。

在底下的大地上奔馳的機車有兩臺。和他一起來的人是鈴乃，還是漆原呢？

確認兩臺機車正沿著中央區的大道筆直往天守閣奔馳後，艾米莉亞原本打算露出苦笑的臉，馬上瞬間僵住。

「那、那是什麼……」

底下的義勇軍似乎也發現有機車靠近，並因為搞不清楚狀況而陷入混亂，不過他們還是零星地對機車發動了攻擊。

然而兩臺機車的速度看起來完全沒有減弱。

這也是理所當然的。

如果速度減弱，事情就不堪設想了。

「那、那是……」

不只艾米莉亞，艾謝爾也同樣因為發現某件事實而驚訝到忘了對勇者發動攻擊。

兩臺機車後面居然帶著「王之軍隊」。

『我說啊啊！你也差不多該放棄了吧啊啊！快點使用我的力量啦啊啊！』

在震撼大地與空氣的轟炸聲中，即使艾契斯哭叫的聲音不斷從耳機裡傳來，真奧也無能為力。

「好了啦，總之快把鞭炮丟出去！」

艾契斯激動地反抗真奧自暴自棄的指示。

『已經沒用了啦！他們已經習慣了！真奧的汽油彈不也完全沒用！』

「都來到這裡了！事到如今怎麼能逃跑！而且萬一現在停車，搞不好我們就會像倒骨牌那

樣，連同機車一起被後面那些剎不住車的傢伙們壓扁！如果不想變成加了機車碎片的絞肉！就給我繼續衝啊！」

真奧在視野角落看見艾契斯正淚眼盈眶地望向後方，然後在透過後照鏡看見背後絕望的狀況後咬緊牙關。

『所以我不是說用飛的就好！』

「如果只有我們飛走，機車就會被壓得粉碎啊！這樣我之後一定會被鈴乃教訓得很慘，而且機動杜拉罕三號之後將由我接收！怎麼能讓它壞掉！」

『誰理你啊！』

真奧和艾契斯拉著大批莫名其妙的人物奔馳在通往天守的大道上，不對，他們根本已經失控了。

除了即使被真奧等人的飆車族行為干擾、依然不屈不撓地追上來的義勇軍巡邏隊之外，原本在和義勇軍戰鬥的馬勒布朗契士兵，以及不曉得從哪裡跑出來、似乎是原本就留在皇都的非義勇軍八巾騎士的騎兵和步兵也跟著加入了戰局，以兩臺機車為首，這支混合了人類與惡魔但又完全不受控制的「王之軍隊」，很快就抵達了天守的大門。

『真奧！前面有個禿頭和惡魔！』

奧爾巴、法爾法雷洛以及巴巴力提亞，正在前方仰望艾米莉亞和艾謝爾的戰鬥，雖然真奧

和艾契斯已經抵達能看見他們身影的地方，但要是現在一個不小心按下剎車，後面那群比狼還恐怖、發狂地追上來的「王之軍隊」將來不及反應，讓兩人變得像被捲入熱帶草原的野牛大遷移的小動物般，連同機車被壓得粉碎。

「誰管什麼禿頭和惡魔啊！直接衝過去就對了！我們要直接衝進城裡！」

『騙人的吧啊啊啊啊啊啊啊啊？？』

真奧無視艾契斯的慘叫，再度催下油門，像是要做為收尾的煙火般，他偷偷地替大量鞭炮點火，將防水膠帶貼在喇叭上讓它響個不停，然後將之後應該再也用不到的ＬＥＤ頭燈的警報器全開，扔向阻擋在前方的義勇軍主力部隊。

「魔、魔王撒旦？」

「魔王大人？」

「什麼？你說魔王大人？」

真奧領著替皇都中央區居民們帶來大麻煩的「王之軍隊」逼近，奧爾巴、法爾法雷洛和巴巴力提亞也接連認出他的身影。

「喲！我現在有點忙，有事晚點再說吧！！」

然而真奧如同宣言，以猛烈的速度甩掉了愣愣浮在空中面面相覷的禿頭與惡魔。

兩臺機車通過浮在比人略高位置的奧爾巴下方，刮起一陣風掀開奧爾巴的法衣，叛教大神官奧爾巴·梅亞的內搭褲，就這樣光明正大地暴露在艾夫薩汗帝國偉大的皇都面前。

「感覺好像看見什麼糟糕的東西，不過算了！艾契斯！維持這樣的速度！我要打開妳的車廂把東西全部扔出去！」

『我不管了！隨你高興吧啊啊啊啊啊！』

真奧騎到艾契斯的斜後方，用木刀前端戳了一下艾契斯那臺車事先鬆開的車廂按鈕，將蓋子打開。

從那裡面滾出來的，是大量真奧手工製作的汽油彈。

用因為艾伯特加入而省下來的預備汽油做成的汽油彈，一掉到地面就馬上碎裂，將汽油潑灑到大道上。

真奧將事先點火的鞭炮扔到那裡——

『呀啊啊啊啊啊啊啊啊啊啊啊啊啊啊？』

「好燙燙燙燙燙燙燙燙燙！唔哇！著火了嗎？？」

被點燃的汽油理所當然地發出焦味產生爆炸。

就連點火的真奧也被火勢造成的熱風波及，艾契斯和真奧手上的鞭炮因此順勢起火，開始發出誇張的爆炸聲。

「好痛、好痛、好痛，唔哇哇哇，哇哇哇哇，好燙燙燙燙燙！」

名副其實火燒屁股的機車和「王之軍隊」，居然就這樣一面散布煙、火焰與爆炸聲，一面衝進義勇軍主力部隊的正中央，突破天守的大門進到城內的腹地。

就在奧爾巴、法爾法雷洛以及巴巴力提亞來不及反應的瞬間，原本追著兩人的義勇軍巡邏部隊已經直接湧入城內腹地，奧爾巴等人和義勇軍的主力部隊只能目瞪口呆地看著這一切。

將這場騷動原本的主角們——艾米莉亞、艾謝爾、馬勒布朗契頭目以及奧爾巴完全扔在一邊，由真奧和艾契斯的失控機車率領的「王之軍隊」就這樣在一片混亂的情況下衝進城內，猶入無人之境般的到處亂跑。

城內擁有足以容納蒼天蓋天守和雲之離宮的廣大土地，以及美麗的庭園和辦公場所等設施，不過拜喧鬧的鞭炮和白煙所賜，從上空還是能清楚地看見帶頭的車輛位於何處。

「「啊！」」

此時艾米莉亞和艾謝爾同時發出缺乏緊張感的聲音。

帶頭車輛的白煙，在雲之離宮正面的門口停下。

與此同時，追著兩輛機車的義勇軍騎兵們有些摔下正面的吊橋，有些因為隊型比門寬太多而撞上牆壁，即使如此，後面的士兵們依然無法停下腳步，一副宛如倒骨牌般的悲慘場景就此在眼前展開。

然而就算是這樣，機車似乎仍未停止失控。

雲之離宮的窗戶開始冒出白煙。吵雜的引擎聲、物品被破壞或弄倒的聲音、原因不明的爆炸、人或馬的慘叫聲，以及其他搞不清楚是什麼的聲音毫不間斷地響起，即便人不在現場，也能輕易想像出離宮內正陷入地獄般的狀況。

無論是誰，甚或是本人，都忘記了艾米莉亞和艾謝爾的戰鬥。

所有人都緊張地看著雲之離宮內部，被飆車族和「王之軍隊」蹂躪成什麼樣的慘狀。

拜此之賜，艾米莉亞發現東方的天空已開始逐漸泛白，以及黎明將至的事實。

「……啊！糟、糟了！」

此時艾謝爾因為發現某件事情而慌張地喊道。

「這、這樣下去……雲之離宮會……」

然而艾謝爾的動搖一下就成了過去式。

天空震動，潰散。

「唔！」

「什麼！」

艾米莉亞與艾謝爾驚訝地睜大眼睛。

足以和統治東大陸大帝國的蒼天蓋城匹敵的雲之離宮，現在正被一道紫色的光柱貫穿，開始崩壞。

光柱貫穿天際，隨之而來的巨響震撼大地。

君臨夜空的藍色月亮與紅色月亮，從遭光柱撕裂的烏雲後方探出頭來。

艾米莉亞抬頭看向天空。

那個男人的身影，就像昔日那樣出現在天空。

過去躲過了艾米莉亞的最後一擊、並就此逃到異世界地球的魔王撒旦，如今正以兩道月亮為背景，在蒼天蓋天守的上空睥睨大地。

然而有個地方和那天不同。

魔王撒旦，既是魔王也不是魔王。

雖然那股壓倒性的魔力毫無疑問地是屬於魔王撒旦，但那副外表，卻是在日本笹塚辛勤打工的勤勞青年，真奧貞夫的身影。

在大地上所有存在的視線注目之下，魔王撒旦緩緩降落到艾米莉亞與艾謝爾旁邊。

「……魔王大人。」

艾謝爾感動地在空中下跪，等待主人的降臨。

艾米莉亞則是愣愣地站在原處。

總是說些討人歡心的話迷惑自己、拚命工作、被人類所愛、愛著人類、莫名其妙的魔王化身——真奧貞夫的身影就在那裡。

然後彷彿算準了這一刻般，從東方的稜線射來一道不輸紫色光柱的太陽曙光。

黑夜宛如在祝福王的降臨般褪去，太陽與白天也如同在歡迎魔王的出現般，開始迅速地將夜晚從天空驅除。

仰望著真奧那樣的身影，艾米莉亞心想——

為何自己至今都沒感應到如此強大的魔力？

然而真奧貞夫這個男人並沒有體貼到會回答艾米莉亞的疑問。

「真是的……」

從上方傳來的，是一如往常的輕浮聲音。

「不但沒考上駕照，還向鈴乃借了一大筆錢、在請了一個星期的假後，當然也領不到這段期間的薪水，等回去後還要向幫忙代班的人回禮，真的是災難不斷呢。」

即使這段話徹底不符合魔王的風格，依然不知為何深深打進了現在的艾米莉亞心裡。

「等回去後，我可要好好對你們說教一番。還有，下個月不論我做什麼都不准有怨言喔。無論失敗幾次，我都絕對要考上駕照。我甚至還買了機車呢！」

「……謹遵御旨。」

艾謝爾維持跪姿，深深地垂下頭。

然後——

「……對不起，給你添麻煩了。」

艾米莉亞也跟著坦率道歉。

而且是坦率到連她自己都很驚訝的地步。

不過——

「這是怎樣，惠美，妳該不會被抓時吃了什麼怪東西吧？」

看見惠美提著聖劍沮喪的模樣後，反倒是真奧皺起了眉頭。

「什、什麼啦。」

「妳該不會是被人操縱了吧？太坦率反而讓人覺得詭異呢。」

「……」

如果是平常的艾米莉亞，現在應該已經生氣了，但不知為何，她完全提不起勁那麼做。

「我偶爾也是會有這種時候。」

坦率地承認現在的自己，和平常不一樣。

「雖然我不覺得你會原諒我……不過，若能夠回到日本，我有很多事情必須向你道歉。」

「喔、喔……喂、喂，蘆屋，惠美果然有點怪怪的對吧？」

體內蘊含或許足以讓全世界拜倒在自己面前的魔力的真奧，以打從心底感到詭異的視線看著艾米莉亞，同時向艾謝爾問道。

「您說得沒錯。不過……這次非自願地返回安特·伊蘇拉，讓我與艾米莉亞都經歷了不少事情。關於現在的艾米莉亞是否異常，還是等『回到』日本之後，再來慢慢討論好了。畢竟無論是我們，還是艾米莉亞，在先前的戰鬥中都已經失去了太多東西……」

「……嗯。」

因為艾謝爾的話感到愕然的真奧，抬起頭俯瞰崩壞的雲之離宮，出聲喊道：

「喂，上來吧。」

艾米莉亞和艾謝爾也跟著看向真奧呼喚的方向。

接著一道人影緩緩從光柱中現身。

由於背對紫光與朝日，因此看不清楚那位嬌小人物的表情。

不過在看見被那道嬌小人影抱著的高大男子的瞬間，艾米莉亞的心臟瞬間激烈地跳動到彷彿要破裂的程度。

「惠美，事到如今，我也不認為妳會原諒我以前做的那些事情。不過作為道歉的象徵，我找到了妳以前失去的某個重要的人，並將他交還給妳。唉，雖然除了第一個找到他以外，我也沒做什麼特別的事情，而且剛才也只是碰巧在那裡找到，所以順便帶出來而已。」

「…………啊啊。」

這是艾米莉亞發自靈魂的聲音。

和記憶中的那道身影相比，對方似乎年長了幾歲。

不過她不可能認不出那副雄壯的身軀，以及平穩的表情。

她不可能忘記。

聖劍瞬間從她的手中消失，艾米莉亞用空出的雙手，接下了嬌小人影帶過來的男子身體。

從手中傳來的體溫，又再度讓艾米莉亞的心跳變得更為激烈。

男子的身體感覺很輕。

艾米莉亞．尤斯提納現在已經擁有即使被惡魔大元帥全力扔向城堡屋頂，也只會覺得鼻子有點痛的堅韌肉體與聖法氣，不再是以前那個什麼都不知道，只會哭泣的年幼少女了。

即使如此，眼淚還是不由自主地流了下來。

無論別人怎麼說，她都無法產生真實的感受。

正因為無法產生真實的感受，所以才會持續苦惱，並找不到答案。

然而一旦像這樣獲得答案，艾米莉亞就知道了。

自己果然不是什麼勇者。

「爸……爸……」

在紫色光芒的照耀下，艾米莉亞看見了一張正發出平穩的呼吸聲、安穩地睡著的壯年男子臉龐。

原本以為再也見不到面的父親還活著，現在就像這樣躺在艾米莉亞懷裡。

光是這樣，艾米莉亞心中就充滿了一種彷彿所有的戰鬥都已經結束的滿足感。

自己根本不是什麼正義的勇者。

只是個期望能與摯愛父親重逢的農夫的女兒，艾米莉亞。

「這真的……不是……在作夢吧……」

宛如束縛自己的詛咒之鎖全被解開一般，艾米莉亞的內心逐漸平靜下來。

「這不是夢。所以快點張開結界吧。還有蘆屋，你稍微離遠一點。」

「呃……」

「嗯？啊，遵、遵命。」

「咦，啊，說、說得也是……唔！」

直到持續放射對人類有害的魔力的艾謝爾退開，艾米莉亞才回過神來，慌慌張張地擦著眼淚，張開聖法氣的結界包住父親諾爾德的身體。

「那麼，這次的事情還沒結束。惠美，阿拉斯·拉瑪斯還好吧？」

「……當然。她直到剛才都還精力充沛地和艾謝爾……咦？什麼？」

艾米莉亞擦著淚流不止的眼睛說道，但馬上又因為阿拉斯．拉瑪斯開始在腦中大鬧而驚訝不已。

「咦？什麼，咦？我、我知道了。出來吧！」

在阿拉斯．拉瑪斯不成聲的催促之下，艾米莉亞這次並非將聖劍，而是將阿拉斯．拉瑪斯實體化。

憑空出現的質點．基礎之子，筆直地看向剛才抱著諾爾德的嬌小人影。

「爸爸。」

「喲，阿拉斯．拉瑪斯。」

看見女兒活潑的模樣，真奧不自覺地露出笑容。

「我今天帶了個想讓阿拉斯．拉瑪斯見的人來。」

阿拉斯．拉瑪斯彷彿事先就知道真奧的心意般點頭。

「……嗯。」

「艾契斯，好久不見了。」

阿拉斯．拉瑪斯朝嬌小的人影伸出手。

就在這個瞬間，貫穿雲之離宮的光柱從天空中消失，少女的臉也於曙光中浮現。

艾米莉亞和艾謝爾在看見那張臉後，都倒抽了一口氣。

「……姊姊。」

因為即使看起來年長了幾分，那位擁有銀色頭髮和一撮紫色前髮的少女，還是長得和阿拉斯・拉瑪斯一模一樣。

「魔、魔王？這、這孩子是誰？」

「魔、魔王大人，這位少女果然是……」

「艾契斯……」

「姊姊……好久不見了呢。」

面對面的兩位質點少女，一個直接注視，另一個則是忸忸怩怩地看著對方。

「嗯。」

「我嚇了一跳呢。沒想到姊姊居然還是小女孩的樣子。」

「艾契斯長大了呢。」

看見阿拉斯・拉瑪斯露出花一般的微笑，艾契斯低頭回答：

「……嗯。」

「艾契斯？」

「…………嗯……！」

低著頭的艾契斯身體開始顫抖，表情也愈來愈扭曲，瞬間就爬滿了眼淚和鼻水，然後——

「姊姊啊啊啊啊！我好想妳喔喔喔喔喔喔喔喔嗚哇哇哇哇！」

淚水瞬間潰堤的艾契斯哭成了淚人兒，緊緊抱住阿拉斯・拉瑪斯。

艾契斯毫不顧忌旁人眼光地大哭，將沾滿鼻水的臉貼在外觀只是小女孩的阿拉斯・拉瑪斯肚子上磨蹭。

「討厭啦，艾契斯髒髒。」

儘管露出些微不悅的表情，阿拉斯・拉瑪斯依然沒有推開艾契斯。

「姊姊啊啊啊啊！！嗚哇哇哇哇哇！！」

「艾契斯，不哭，乖乖喔，不哭！」

這樣看起來，阿拉斯・拉瑪斯果然是艾契斯・阿拉的姊姊。

明明本人也曾經為了追求艾契斯而亂來並大哭，一旦見到「妹妹」，馬上就擺出姊姊般的得意表情，用嬌小的手掌撫摸艾契斯的頭髮。

「嗚嗚哇哇哇啊啊啊啊！！我好寂寞喔喔喔喔喔喔！！姊姊——啊啊啊嗚啊嗚啊啊啊嗚啊啊啊！」

「呃，那個，魔王？」

「魔王大人……這到底是……」

真奧苦笑地回答完全跟不上這個突發狀況的艾米莉亞和艾謝爾：

「這表示令人感動的重逢不只一組啊。」

「喔、喔……」

「雖、雖然搞不太懂……」

艾米莉亞和艾謝爾面面相覷。

從兩人身上完全感覺不到才剛經歷長達十小時的生死對決的緊張感，在這裡的，只有總是在笹塚的三坪大公寓，被真奧莫名其妙的行動耍得團團轉的蘆屋四郎和遊佐惠美原本的姿態。

「唉，總而言之，等回去後得開場盛大的家庭會議才行了。」

「喔、喔……」

「雖、雖然搞不太懂……」

「哎呀。」

此時響起了一陣完全不符合現場氣氛，也不懂禮貌的聲音。

那是一道微弱的電子聲。

艾米莉亞和艾謝爾疑惑地左顧右盼，真奧摸索褲子口袋，拿出了某樣東西。

「手機？」

艾米莉亞認出了在真奧手中變得破破爛爛的手機。

折疊式的舊式手機外殼受熱熔解，連結部分的零件碎裂露出配線，就連真奧勉強打開的液晶螢幕上，也悽慘地布滿裂痕。

即使如此，還是能接電話。液晶螢幕的角落微微發光，少了蓋子的振動裝置在機體內喀喀作響。

「這東西經歷了很多事情，像是鞭炮、高溫，或是掉進池子裡等等，剛才甚至還在那裡不小心撞到了一下呢。」

真奧苦笑地將手機展現給艾米莉亞看。

「不過很了不起吧，即使螢幕和外殼變成這樣，只要沒事就能繼續使用。薄型手機就沒辦法這樣了。幸好我有事先充電。」

真奧按下通話鈕，接起電話。

即使螢幕壞了，他也知道來電者是誰。

『笨魔王，你到底幹了什麼好事！！』

一接起電話，馬上就有道一點也不溫柔的怒吼聲傳進真奧耳裡，就連一旁的阿拉斯・拉瑪斯和艾契斯，也像是聽見了那道聲音般縮起身子。

「囉嗦。都怪你們做事慢吞吞的，艾契斯才會按捺不住。」

「小鈴姊姊的聲音？」

阿拉斯・拉瑪斯眼神一亮。

當然真奧接的並非一般的電信通話，而是鈴乃傳來的「概念收發（idea-link）」。

『我這邊的狀況也很不妙啊！先不管這個，你到底幹了什麼好事！為什麼義勇軍在雲之離宮前面變得像倒骨牌一樣！』

「啊？你們在看得見天守的地方嗎？放心啦。雖然撞到很多地方，但我之後會確實把機車修好……」

『回答我的問題！你的力量恢復了嗎？話說你居然隨便把別人的機車給弄壞了！你這傢伙……』

「拿去，艾契斯。」

「咦？啊？咦？呃，咦？喂，鈴乃？」

『艾契斯？是艾契斯嗎？』

「嗯，呃，那個……」

艾契斯擦了一下紅腫的眼睛和鼻子，然後吐舌說道：

「一想到姊姊在附近，我就興奮起來了。」

『～～～～～～～～～～～～～～～～～～！！』

「鈴乃，我聽不懂妳在說什麼啦！嗯？換真奧聽？喔。」

「……大概就是這樣。」

『大概個頭啦！看你幹了什麼好事！』

「嗯？怎樣啦？」

真奧往下一看，位於蒼天蓋天守隔壁、被稱為小天守的防禦設施，確實遭到崩塌的城堡瓦礫給掩蓋，完全看不出原本的樣貌。

『艾米莉亞的父親和統一蒼帝可是在那裡啊！』

「我知道。」

『……嗯啊？？』

鈴乃驚訝到彷彿要噴出口水的聲音，透過概念收發傳了過來。

「在那裡讓諾爾德幫我接手艾契斯後，我的魔力就恢復了。」

『等、等等？這、這麼說來，艾米莉亞和父親重逢囉？統一蒼帝怎麼了？』

「嗯，放心吧。利比科古之後會把老頭兒送到你們那裡去。蘆屋好像已經先把全部的事情都交代清楚了。聽說你們曾經成功潛入過一次？」

『什麼？艾謝爾？我根本聽不懂你在說什麼？』

也難怪鈴乃會有此疑問。

雖然因為交談的時間不長而不曉得詳情，但真奧大概知道在一旁待命的艾謝爾對利比科古做了什麼樣的說明。

幾乎所有的八巾騎兵，都被艾謝爾放逐出了皇都・蒼天蓋。

這主要是為了避免他們在這個連皇帝都被捲入的情況下，在首都和義勇軍發生大規模的戰鬥。

若在首都爆發內戰，無論人類還是惡魔都會出現許多戰死者，按照加百列的說法，天界的目的原本就只有讓艾米莉亞在與艾謝爾的戰鬥中獲勝。

認為既然如此便沒必要造成無謂犧牲的艾謝爾，獨自在短時間內成功地移動了爭奪統一蒼帝的大規模兵力。

當然艾謝爾之所以能辦到這種事，有一部分也要歸功於這場演出的「導演」在背後進行的努力，不過真奧並沒有掌握到那種程度。

真奧掌握到的，只有艾謝爾做出這種行動的「理由」。

惡魔大元帥艾謝爾，之所以不希望被天界操控的艾夫薩汗騎士團與人民出現太多死者，進而導致國家陷入混亂的理由。

然而那個理由——

「……」

「咦？怎麼了？」

艾米莉亞在注意到真奧的視線後問道，但真奧默默地搖頭。

絕對不能被「人類」知道。

「不好意思，晚點再說明吧。人類世界的細節就交給妳。我這邊也很忙。拜託妳了，訂教審議會。好好利用那個老頭吧。萬事拜託了。」

『啊，魔王……』

為了蒙混過去，真奧單方面說完後便闔上手機，抬頭說道：

「蘆屋，那就是所有人嗎？」

「恐怕是的。雖然我是第一次看見那個穿赤色鎧甲的男人。」

同樣發現狀況有異的艾謝爾，起身點頭道。

「我完全錯過了第一幕，所以接下來是第二幕了嗎？」

「因為負責主導這個舞臺的人，每個人都沒什麼耐心。」

順著艾謝爾的視線看過去後，艾米莉亞、真奧、阿拉斯．拉瑪斯，以及艾契斯都露出嚴肅的表情。

在狂風大作的蒼天蓋天空，出現了三個人影。

即使每次都不想看見，但在那裡的全都是些老面孔。

「假白臉……」

摸著艾契斯頭髮的阿拉斯．拉瑪斯嚴峻的聲音，消逝在風中。

※

在下方仰望真奧等人的奧爾巴十分焦急。

這樣的狀況明顯是在計畫之外。

仔細一看，混亂和疑惑也開始在周圍的斐崗義勇軍——亦即八巾騎兵們當中蔓延。

突然停止的戰鬥，貫穿天空的紫光。

士兵們正抬頭看向雖然直到剛才都還在進行超越人智戰鬥的勇者和惡魔大元帥，但他們現在卻宛如失散已久的家人般圍繞著一個人類。

當然那些追著神祕交通工具的「王之軍隊」們，在各種意義上應該也都處於莫名其妙的狀態。

雖然不知道魔王撒旦為何維持在異世界日本的偽裝姿態，但總之「他們」不可能沒看見這樣的狀況。

魔王撒旦的妨害，應該不在「他們」的劇本裡才對。

不過只要「他們」一出現，就算是魔王撒旦也不足為敵。

一想到這裡，奧爾巴寄望的「他們」就在遠方的天空現身了。

無論是負責制止奧爾巴的兩名馬勒布朗契，還是上空的艾米莉亞和艾謝爾，都在發現「他們」接近後轉向那裡。

沒錯，一切都還沒結束。

只是「他們」要和艾米莉亞聯手打倒的「敵人」稍微增加了而已。

在最壞的情況，只要依靠「他們」的力量，就算想將現在位於空中的所有人都消滅來解決問題也不是不可能。

「加百列……！」

就在奧爾巴打算呼喚逐漸靠近的「他們」時——

「看見您如此健康真是太好了，奧爾巴大人。」

一道冰冷的殺氣從背後刺向奧爾巴。

他對這個伶俐的女性聲音有印象。

「我完全沒想到在異世界的日本失去行蹤的奧爾巴大人，居然會在艾夫薩汗呢。」

「妳、妳是……」

「不過……有件事遺憾到甚至蓋過與尊敬的奧爾巴大人重逢的喜悅，那就是我站在必須向奧爾巴大人問罪的立場。我無法放過奧爾巴大人至今做過的那些充滿黑暗陰謀的叛教行為。」

此時隔著奧爾巴看見突然出現在他背後的那道聲音的主人，並發出驚訝之聲的，是法爾法

雷洛。

「啊，妳是……這麼說來，難道剛才騎『機車』過來的人就是妳嗎？」

法爾法雷洛對曾經在東京都廳頂樓見過的新「惡魔大元帥」，深深低頭行了一禮。

「「克莉絲提亞・貝爾……」」

奧爾巴呻吟般的聲音，和法爾法雷洛呼喚的聲音重疊在一起。

大法神教會訂教審議會首席審問官鎌月鈴乃——亦即克莉絲提亞・貝爾，以徹底平靜的口吻說道：

「很遺憾，那並不是我。我剛剛才從西大陸回到這裡。騎那輛車過來的人，現在正在那裡。」

「什麼？」

貝爾臉上閃過一絲複雜的情緒，她往上空瞄了一眼後，立刻斂起表情向法爾法雷洛說道：

「馬勒布朗契的頭目，僅限於現在這個瞬間，我以新生魔王軍惡魔大元帥克莉絲提亞・貝爾的身分命令你們。」

「什、什麼？新生大元帥？法雷？這是怎麼回事？」

看來似乎對此不知情的巴巴力提亞驚訝地喊道，法爾法雷洛從旁制止。

「巴巴力提亞大人。」

「可、可是……」

「那麼，新大元帥，請問您有何命令？」

「貝、貝爾，妳到底打算……」

貝爾無視奧爾巴的質問接著說道：

「馬勒布朗契的頭目與其一族啊，只要你們願意安靜地遵從我接下來的所有命令，魔王撒旦就會原諒你們的獨斷獨行，並允許你們回到魔王的代理人，大尚書卡米歐殿下的身邊。」

「人、人類，妳知道卡米歐大人嗎？」

貝爾的話令巴巴力提亞感到驚訝不已，法爾法雷洛輕輕點頭回答：

「好吧。我等願意遵從大元帥閣下的指示。」

馬勒布朗契的頭目以銳利的眼神，抬頭看向與他們真正的主人真奧貞夫——亦即魔王撒旦與其對峙的那三道人影。

「事到如今，我也不打算為我等的愚蠢找藉口。不過就結果而言，我們確實被這個奧爾巴和天界的人們背叛，並失去了許多同胞。所以必須接受相對應的懲罰才行。」

「你如此明理真是幫了大忙……奧爾巴大人也沒意見吧？」

貝爾放出讓人無法動彈的殺氣。

如今在奧爾巴眼前的，已經不是過去那個在他底下從事異端審問的聖務，負責地下工作的

女子了。

正因為對方就近在眼前，所以奧爾巴才能從她身上強烈的感受到一股源自光明磊落的自信與對自己的驕傲，所產生的魄力與力量。

「妳、妳到底在說什麼，妳到底發生了……」

「奧爾巴大人，無論以前還是現在，我的願望都沒有改變。我唯一的願望就是希望這個世界能讓所有人民走向充滿正義與安寧的光明信仰之路。我只不過是在遙遠的異地，獲得了能夠以此為目標的堅強內心罷了。」

貝爾平靜地說完後，再度仰望那三名與真奧等人對峙的男子。

她不可能認錯人，那位穿著赤紅鎧甲的大漢，正是粉碎了自己對至今相信的神所懷抱的最後一絲信仰心的男子，卡邁爾。

另一個沒印象的男子，按照真奧和艾米莉亞的描述，應該是名叫拉貴爾的天使。

至於最後一個人，事到如今甚至沒有確認的必要。

擁有高大的身軀、總是掛著瞧不起人的輕浮微笑，並穿著惱人的「I LOVE LA」T恤的質點．基礎的守護天使，加百列。

※

「喲，你們這些三流導演總算現身啦。」

真奧在三名天使面前無畏地笑道。

「……真是的，你到底要妨礙我們到什麼地步。」

拉貴爾整張臉幾乎都因為憤怒而扭曲。

「撒旦…………！撒旦！！」

至於卡邁爾則是早已不管真奧是否為惡魔形態，只要一看見他就會憤怒地彷彿要從口中噴出岩漿般發出不成聲的吼叫。

「這次我們絕對不會放過你。雖然聽說你之前曾經在具絕對優勢的情況下擊敗卡邁爾，不過這裡可是安特・伊蘇拉。在這個世界的大氣中，聖法氣占了壓倒性的比例，魔王，你不可能贏得過我們。」

「拉貴爾，這種話應該要等實際贏了之後再說。不然萬一輸了會很丟臉喔？我好歹是惡魔的老大，像這種時候可是會全力地奚落你喔？」

「誰輸誰贏，馬上就能見分曉。而且看來你現在似乎並不具備之前打倒卡邁爾時的那股奇妙力量。」

真奧沒繼續理會拉貴爾，轉而更換目標。

「……那麼，加百列你打算怎麼辦，你也要參戰嗎？」

真奧一轉向在拉貴爾旁邊雙手抱胸的加百列，後者便以一副提不起勁的樣子點頭說道：

「嗯，真要說要不要打，應該是要打吧？」

「至於另一個……看來是不用問了。」

卡邁爾在看見真奧的瞬間，就已經用殺氣滿滿的視線緊盯著真奧。

雖然少了之前在笹幡北高中看見的那把三叉槍，但根據至今的經驗，真奧等人非常清楚大天使即便徒手空拳，也能發揮出壓倒性的力量。

「為了天界的安寧，我們必須將邪惡的惡魔驅逐出安特．伊蘇拉。魔王撒旦，我絕對不會讓你跑來礙事。」

然而真奧對拉貴爾的話一笑置之。

「你們果然不論走到哪裡都是三流貨色。那種事情，這位勇者大人早在前陣子就做過了。明明無論規模還是演員都小人家一截，居然還有臉囂張地說什麼要『驅逐邪惡的惡魔』？即使是想模仿熱門強片，也應該要多花點心思啦，B級！」

「一點都沒變呢。」

艾米莉亞的嘴角，忍不住因為這段似曾相識的怒罵而露出笑容。

「隨便你怎麼說，反正這對我們的計畫來說是必要的。而且即使艾米莉亞站在你們那一邊……」

拉貴爾那令人難以想像是天使的卑鄙視線，讓艾米莉亞厭惡地歪起嘴角。

「她之後該怎麼辦？就算想與我們為敵也無所謂，不過在這麼多人面前幫助魔王撒旦，背叛了人類世界以後，妳打算怎麼辦？」

「……唔！」

「別忘了妳父親的麥田，還掌握在奧爾巴和我們手上。要是妳現在敢違抗我們，不只是魔王，就連好不容易見到的父親也會被我們消滅喔。」

「啊啊？父親的麥田？」

這項初次耳聞的情報，讓真奧忍不住轉頭看向艾米莉亞。

艾米莉亞無法直視真奧的眼睛，紅著臉低下頭。

從真奧的角度來看，他應該只覺得艾米莉亞為了執著於無關緊要的小事而作繭自縛吧。一想到會被他看不起，就讓艾米莉亞的心無助地陷入消沉。

「……唉，嗯，算了。」

然而出乎意料的是，真奧並沒有罵出「妳是笨蛋嗎」之類的話。

「每個人覺得重要的東西都不一樣。唉，不過這麼一來……」

接著真奧重新以厭煩的表情望向拉貴爾說道：

「又更加突顯出你們有多三流了。你們到底認真到什麼程度？即使是那個難搞的變態，就打算靠自己的力量實現自己願望這點來看，沙利葉要比你們好上幾百倍了。」

真奧的表情厭惡地扭曲，用拳頭敲了一下自己的手掌。

「總而言之。」

真奧啐道。

「雖然我不知道惠美家的田在哪裡，但只要能在這裡瞬間解決掉你們，就不用擔心那裡會被你們破壞了。艾契斯，雖然諾爾德現在是那個樣子，但妳也能夠戰鬥吧？」

真奧向艾契斯確認。

雖然艾契斯在雲之離宮內發現被利比科古守護的諾爾德時，就將融合的對象從真奧改到諾爾德身上，不過按照艾契斯之前的說明，如果身為「宿木」的諾爾德處於不省人事的狀態，艾契斯的力量也會跟著減弱。

「啊呼嗚嗚嗚……嗯，不過真奧，你打算收拾他們對吧？那我有個更好的方法喔。如果是在這裡，就辦得到。」

儘管眼淚和鼻水都還沒停下來，艾契斯依然回應了真奧的呼喚，只見她的身體周圍開始再度發出紫色的光芒。

「喂，那邊那個看起來很硬的人。」

「嗯？啊？」

艾契斯從容地靠近艾謝爾。

「真奧在這裡一直吐個不停。大概是因為根基是聖法氣的緣故，不過這個感覺行得通，所以我就收下啦。」

「什麼？喂、喂！妳想把手伸進哪裡……住手！給我知恥！妳幹什麼！」

艾契斯拎著向真奧下跪的艾謝爾的脖子，硬是將他拉了起來，然後空手扒下那符合大元帥威嚴的堅固鎧甲。

「啊啊！怎麼會這樣！好、好不容易……！」

這並非艾謝爾，而是蘆屋四郎的悲鳴。

大元帥一身高貴的新鎧甲與斗篷，在「基礎」碎片少女的摧殘下，逐漸變得破爛不堪。

一想到投注在那些裝備裡的金錢、工夫，以及大元帥的尊嚴，就讓「蘆屋四郎」不禁發出慘叫。

「果然有！」

將恐怖的惡魔大元帥脫到半裸的艾契斯，滿意地舉起「那個」。

那是「基礎」的碎片。

是過去由奧爾巴帶來魔界，在銚子海上讓西里亞特的念話晶球（link-crystal）發光，最後落入巴巴力提亞

手中，並非對聖法氣而是對魔力產生強大反應的「基礎」碎片。

「在看見這個後，我就覺得這個人或許也可以。」

「什、什麼意思？」

無視因為惡魔大元帥的頭銜受損而發出慘叫的艾謝爾，艾契斯朝真奧比了個勝利手勢，看來她似乎已經對艾謝爾失去興趣，並迅速飛到了真奧身邊。

「喂……妳、妳幹什麼？」

艾契斯抱緊真奧，將額頭湊向他。

即使是在這種場合，艾米莉亞依然因為目睹真奧和艾契斯的臉彼此貼近而臉紅了起來。

「……說得也是，一般人果然會那麼想。並不是我自我意識過剩。會搞錯也是無可奈何的。」

在艾米莉亞聽見真奧似乎對某件事情感到放心的聲音時，眼前已經充滿了紫色的光芒。

真奧的額頭和艾契斯的額頭，在光芒中接觸。

「為了『了解』，果然不碰頭就不行呢。」

然後那個發動了。

總而言之，艾米莉亞光是為了防止被結界包圍的父親墜落就竭盡了全力。

等她勉強睜開眼睛時，眼前已經出現了一道異常的光景。

紫色，以及黑色的奔流。

或許也能用風、光、黑暗，或是砂來形容也不一定。

那是純粹的黑色，以及紫色的奔流。

象徵皇都的偉大與美麗的天空，被染成了黑色與紫色，然後從裡面響起一道沉重的聲音。

「我真的有群好部下呢。」

即使如此，又讓人覺得徹底輕浮。

「蘆屋，虧你帶著這種碎片呢。」

「咦？」

「長期暴露在魔力之下的碎片……託你的福，艾契斯似乎變得比較容易適應我了。」

「……呼嘿嘿～」

「？」

在黑色奔流與紫色奔流消失的瞬間，從裡面現身的是依然維持人的姿態、但全身放射出壓倒性魔力的人類形態真奧，以及——

「給我好好覺悟吧，你們這些臭天使！」

眼睛發出紅色光芒，臉上露出凶惡表情的艾契斯‧阿拉。

「真奧！宰了他們！」

「喔喔。」

在說出這句危險臺詞的同時，艾契斯露齒微笑，然後在發出第三次的光芒時，她的全身瞬間化為光的粒子，被吸收到真奧體內。

艾米莉亞目瞪口呆地看著這個現象。

那不就是阿拉斯‧拉瑪斯和艾米莉亞融合時，所引發的現象嗎？

然後不只是艾米莉亞、艾謝爾、貝爾、馬勒布朗契的兩名頭目，以及奧爾巴，就連在地上等待的大批八巾騎兵，都因為接下來發生的事情而大吃一驚。

「……『進化聖劍(better)‧單翼(half)』……？」

艾米莉亞無法相信自己親眼看見的事情。

出現在真奧手中的東西，擁有和艾米莉亞使用的、經過阿拉斯‧拉瑪斯融合的「進化聖劍‧單翼」相同的外形。

唯一與「進化聖劍(better)‧單翼(half)」不同的，就是劍身上充滿的力量並非聖法氣，而是魔力，但從氣氛上來看，那明顯並非單純的仿造品。

「另一把的……聖劍……」

「艾契斯，是妹妹。」

在所有人都因為新聖劍而感到驚訝時，只有阿拉斯・拉瑪斯一個人以明顯充滿了喜悅的眼神如此說道。

「妹、妹妹？妳、妳是說剛才那個叫艾契斯・阿拉的孩子？」

「嗯。艾契斯，是妹妹。『基礎』的另一半。」

「另一半……」

艾米莉亞對阿拉斯・拉瑪斯的話感到愕然。

她至今從未思考過聖劍的銘——「進化聖劍・單翼」有什麼意義。

因為聖劍的外表會隨著注入的聖法氣多寡而產生變化，所以艾米莉亞一直以為那就是「進化」的意思。

至於「單翼」，她也以為只是單純的名稱。

然而——

只有一隻翅膀，是發揮不了功能的。

如果想在天空中振翅飛翔，就必定需要一對翅膀。

既然如此，那在某處理所當然會有另一隻「單翼」。

「不、不過那是聖劍吧？為什麼魔王……而且那把『聖劍』還散發出魔力……」

「『基礎』的碎片，似乎並非絕對只具備神聖的屬性。」

回答艾米莉亞的，是正拚命修補被破壞的鎧甲和衣物的艾謝爾。

「我們似乎對名為質點的存在產生了極大的誤解。妳和阿拉斯．拉瑪斯的『那個』，以及魔王大人和那位少女的『那個』，都絕對不是什麼神聖之劍……這裡的釦子少了一個……」

「『基礎』是連結生命與生命，心靈與心靈之枝。我一直都和艾契斯在一起。」

「連結心靈之枝……？」

艾米莉亞還來不及消化「女兒」的話——

「爸爸，加油！」

宛如被阿拉斯．拉瑪斯的加油聲推了一把般，撒旦的戰鬥已經開始了。

真奧以不悅的表情隨手揮動艾契斯的聖劍。

「嗯？」

「……唔！」

「哇喔。」

僅只於此，三位天使就不自覺地警戒了起來。

光是單純舉起另一把聖劍。

就足以讓天使們感到膽怯。

結合了真奧在征服安特·伊蘇拉的全盛期時深不可測的魔力、直到剛才都還一把鼻涕一把眼淚的質點之子艾契斯，以及最早由奧爾巴帶來魔界再透過巴巴力提亞轉交給艾謝爾的碎片後的那股力量，就是如此強大。

「唉，總而言之。」

真奧不悅地啐道。

「我現在要一口氣打垮你們。這麼一來，地上的戰爭就能讓人類自己協議解決，惠美家那不曉得在哪裡的田地也能免於遭到破壞。剩下的事情就等之後再說吧。」

「什麼……唔喔！！」

現場的每個人都沒將真奧的話聽到最後，等回過神來時，拉貴爾已經被一道沉重的衝擊給擊飛。

沒有人看得清楚真奧的動作。

就連加百列和卡邁爾，都只看見原本在旁邊的拉貴爾被瞬間換成了真奧。

跟不上真奧動作的聲音，直到現在才化為衝擊波向周圍擴散，可見他剛才的速度已經超越音速。

艾米莉亞用法術結界保護諾爾德與阿拉斯·拉瑪斯，艾謝爾也為了避免衣服再度被弄亂而專心保護自己。

在看見拉貴爾被擊飛後，卡邁爾和加百列反射性地分別叫出黑鐵槍和杜蘭朵之劍，不過此舉根本毫無意義。

「撒旦……我今天一定要殺了你……」

「喂，卡邁爾？現在如果不冷靜點，可是會很不妙喔？」

加百列的表情難得出現明顯的動搖，卡邁爾的黑鐵之槍前端發出刀刃般的殺氣，全罩式的頭盔底下也傳出足以讓人想像底下表情的憎惡。

「殺了撒旦殺了撒旦殺了撒旦殺了撒旦殺了撒旦殺了撒旦殺了撒旦殺殺殺殺！」

「……所以說，我以前明明就沒見過你。」

「撒旦啊啊啊啊啊啊！！喔喔喔喔！！」

真奧宛如面對竹刀一般，用聖劍輕輕架開卡邁爾那快到足以產生真空的槍尖。

「唔嗯？」

「嘿。」

真奧並未放過這個破綻，對右邊的卡邁爾水平揮出一劍，同時對左邊的加百列放出漆黑的能量塊。

「撒旦啊啊啊啊啊嗯嗯！！！」

「呃啊！」

兩位大天使完全跟不上真奧的速度，卡邁爾的槍因為無法承受斬擊的力道而從中斷成兩截，無法抵消衝擊的加百列則是和拉貴爾一樣被遠遠打飛。

將三位大天使分別打到不同方向的真奧，以宛如寄宿了天上那紅色的月亮般、燃燒著怒意的眼睛，傲視這些醜態百出的人。

「我很生氣。因為你們居然肆意擺弄與欺凌我的同伴、部下、人民，以及預定支配的人類。所以我今天絕對不會放過你們！」

「等、等等！」

艾米莉亞連忙強化父親的結界，但過不久又擔心地將他護在自己身後，因為艾米莉亞的視線完全跟不上真奧那令人眼花撩亂的動作。

加百列與那位全身穿戴鎧甲的陌生天使，無疑都擁有超越人智的戰鬥能力，不過那些在日本徹底將真奧和艾米莉亞玩弄在股掌間的大天使們，如今居然被甚至並非惡魔形態的真奧一個人給耍得團團轉。

新的「進化聖劍・單翼(better half)」，將刀身依然保留缺損的杜蘭朵之劍連同劍柄一刀兩斷；真奧的拳頭，將卡邁爾新的鎧甲宛如紙張般撕裂。

至於勉強從一開始的衝擊當中恢復過來的拉貴爾，真奧甚至不必用手，只靠眼神發出的氣勢就讓那惹人厭的爆炸頭缺了一角。

「等、等等，這也太亂七八糟了……唔哇啊啊啊！！」

就在加百列因為肩膀吃了一記從艾契斯的進化聖劍尖端發出的紅色光線，而翻了個觔斗時——

「撒旦，撒旦旦旦旦！！可惡啊啊啊啊啊啊！！」

胸口鎧甲被一擊破壞的卡邁爾痛得發出呻吟——

「這、這是怎麼回事，你真的是那個之前被老加玩弄在股掌間的撒旦嗎？」

至於爆炸頭變得像拼圖塊般凹一個洞的拉貴爾，或許是如同本人過去所說的那樣不擅長戰鬥，甚至連接近真奧都沒辦法。

「嗯，畢竟女兒正在看，身為爸爸可得比平常努力一點才行，嘿咻！」

「唔唔唔唔唔唔！」

真奧瞧不起人似的用「進化聖劍・單翼」，朝明顯位於攻擊範圍外的拉貴爾揮了一劍。

然而宛如配合那劍的軌道般，拉貴爾被看不見的刀刃砍傷，真奧從明顯過於遙遠的距離發動的力量，居然在拉貴爾全身留下了無數的細微傷口。

※

奧爾巴、巴巴力提亞、法爾法雷洛以及地上的義勇軍們，只能傻眼地仰望這場戰鬥。

在上方發生的狀況，已經完全超出他們的理解。

「沒、沒想到大天使們，居然會被那樣的……」

最為這個狀況感到顫慄的就是奧爾巴。

因為他原本深信即使有什麼萬一，也能靠大天使們壓倒性的力量來收拾殘局。

實際上，他們的確擁有那樣的力量，就奧爾巴所知，即使是魔王撒旦全盛時期的實力，也只能勉強和艾米莉亞打平而已。

「……那麼，時候差不多了。」

現場唯一保持冷靜的，當然就是真奧的「夥伴」，克莉絲提亞·貝爾。

「貝、貝爾，妳這是什麼意思？他們可是真正的天使，妳打算就這樣投靠魔王撒旦，和艾米莉亞一起背叛上天和整個安特·伊蘇拉嗎？」

即使被奧爾巴口沫橫飛地斥責，貝爾依然顯得神色自若，她早已脫離了奧爾巴所說的信仰層次。

「沒想到居然會從奧爾巴大人口中聽見這樣的話。」

貝爾苦笑地從奧爾巴背後離開，緩緩走向義勇軍。

「這世界上，根本就沒什麼『真正的天使』吧？」

「……什……麼…………？」

就連能毫不猶豫地做出叛教行為的奧爾巴，都為這句難以想像是大法神教會的聖職者會說的話感到啞口無言。

這個女人究竟在說什麼？難道她沒看見那些位於眼前的存在嗎？

奧爾巴將視線移向在上空戰鬥的三名天使，但貝爾輕輕搖頭回答：

「他們只是『自稱加百列、卡邁爾和拉貴爾的普通人類』而已。」

接著她如此斷言：

「如果光是擁有翅膀和強大的力量便能自稱天使，那我就去東急手創屋買個扮裝用的翅膀裝上去，再自稱天使給你看吧。像奧爾巴大人這樣的人物，應該不至於真的認為那些傢伙會是聖典裡傳說的『天使』吧？」

貝爾勸導奧爾巴時，臉上絲毫未帶嘲笑或厭煩的神色。

而是以一介聖職者的表情，對一個相信的事物遭到否定的老人，質問他的信仰。

「人們寄託信仰的『天使』，應該是作為性善與規範的象徵，讓人們透過教義和聖典刻劃在心裡的存在，而不是那些來自遙遠的地方，擁有強大力量的人類。雖然我不知道您是從何時開始誤入歧途，但一想到過去曾經敬愛過的奧爾巴大人，居然變得連這種事情都無法理解，就讓我感到十分難過。」

貝爾悲傷地瞄了奧爾巴一眼，接著立刻換回凜然的表情——

「……聚集在義勇之旗下的八巾騎士們啊，請聽我說！」

對困惑地看著上空那場戰鬥的騎士們喊道。

「我懂你們的疑惑。不過，各位現在看見的景象，全都是現實。現在兩位帶著聖劍的『勇者』，正對害各位敬愛的偉大帝國艾夫薩汗再度陷入恐懼的『惡魔』進行制裁！」

「什、什麼？」

「妳說惡魔？」

「聖、聖劍的勇者？」

「艾米莉亞大人，可是……」

「雖然外表是聖劍，但那力量……？」

「惡魔應該是那個艾謝爾才對吧？」

在聽了貝爾說明的那些騎士們當中，理所當然地以懷疑新情報者居多，畢竟這些騎士團們都是抱著要打倒艾謝爾的純粹心情才聚集到這裡的，因此當然無法坦率相信這些話。

「貝爾，妳到底想……」

貝爾那既荒唐又牽強、硬是想轉移論點的演說，讓奧爾巴露出了驚訝的表情。

雖然不知道她究竟有什麼打算，但光是一個人喊出這種程度的論述，又會有誰相信呢？

「在那邊的人，確實是艾謝爾沒錯！不過這次替艾夫薩汗招來國難的，既不是艾謝爾，也不是馬勒布朗契。我現在就向各位證明這一點！有請勇者艾米莉亞的夥伴，奧爾巴・梅亞大人……」

「什、什麼？」

面對突然的指名，奧爾巴頓時慌了手腳，然而貝爾的話還沒說完。

「艾伯特・安迪大人，以及……馬勒布朗契的頭目，利比科古……」

「什麼！」

貝爾指示的方向，出現了幾個人影。

奧爾巴在那裡看見過去的夥伴艾伯特，以及獨臂的馬勒布朗契後，再度大吃一驚，然而第三度的驚奇，就在法術結界的守護之下站在艾伯特的身邊。

那個人的身材比嬌小的貝爾還要矮，再加上駝背，更是使得原本就不高的身高看起來更為矮小。

即使穿著極盡奢侈的衣物，那年老體衰的身體依然讓他顯得寒酸，乍看之下毫無任何威嚴可言。

然而即使如此——

「和偉大帝國的主人，統一蒼帝陛下來替我們作證。」

貝爾平靜的宣言，還是震撼了在場所有的人。

「陛、陛下……？」

某人發出了一道比看到艾謝爾剛現身時還要感到顫慄的聲音，接著，就在照亮天空的朝陽清楚映照出那道身影時——

「皇帝陛下……！」

「蒼之帝……！」

「是皇帝陛下！」

「皇帝！」

「陛下！」

「快、快跪，快下跪啊！！！」

這位連靠自己的腳都站不穩的老人一出現，就徹底粉碎了義勇軍的士氣。

騎兵們丟掉武器，將拳頭與手掌合在胸前行禮，並接連低頭朝老人下跪。

基於艾謝爾的命令，他在真奧出現之前都由利比科古守護，基於真奧的命令，他被利比科古送來這裡，如今正站在艾伯特的結界裡接受保護的，是一位彷彿隨時會被風給吹倒的矮小老人。

他正是統治廣大東大陸的大帝國，艾夫薩汗全境的皇帝，統一蒼帝本人。

臉上堆滿皺紋、用埋在缺乏生氣的乾燥皮膚底下的混濁眼睛仰望上空的老皇帝，沙啞地嘆了口氣。

「……來人啊。」

老人呻吟般地喊道。

在聽見這道聲音後抬起頭來的，是在義勇軍的八巾騎兵中居於高位的正翠巾將軍。

「正翠之將啊……那位……女性所說的話……全都是真的。」

「是！」

「聽信那些……自稱天使者的讒言，將惡魔馬勒、布朗契，招來國內的人是我……」

「是！」

正翠巾將軍流著冷汗，為了不漏聽統一蒼帝的任何一字一句而仔細聆聽。

無論那些話的內容是善是惡都不成問題。

皇帝說的話全都是真實，而體察他的意思，就是艾夫薩汗八巾騎兵的正義。

「這一切……都是……為了讓我大艾夫薩汗能夠，變得更為強盛，為了……讓全世界知道，你們這些人民，有多麼強大……」

「您過獎了！」

「然而那些傢伙……終究……只是冒用西方蠻族，流傳的神話，欺騙他人的俗物……他們逼我下臺，將蒼天蓋占為己有……將我國人民，捲入惡魔與人類的爭鬥，企圖傷害你們……」

統一蒼帝的話裡，斷斷續續地參雜著衰弱的呼吸聲，不過即使年老力衰，他的話裡還是充滿了至今仍未消逝的身為皇帝的野心、憤怒，以及慾望。

「艾謝爾……之所以……將我，安置在雲之離宮保護，其實……是因為擔心我忠勇的，八巾騎士們，會自相殘殺，所作的安排。倒不如說，他才是拯救我國人民，並安排我和西方這些，明理的勇士們見面的……策士。」

即使是八巾，也不免因為這句話而大為動搖。

不過在艾夫薩汗，統一蒼帝說的一切都是真實。

而他居然親口說艾謝爾保護了艾夫薩汗的國家與人民。

「……若一開始，來找我的惡魔，就是艾謝爾……吾之威光……或許現在早已傳遍了四海五土……也不一定。」

可怕的是，從統一蒼帝的告白來看，若天使們最初帶來的將領並非巴巴力提亞而是艾謝爾，並讓艾夫薩汗依靠他的力量向其他大陸開戰，或許真的能夠征服世界也不一定。

「我等……忠勇的……八巾……猛者啊。別搞錯了敵人……聚集到聖劍，之下……向上天，展示，我艾夫薩汗的威光吧。」

不可能所有士兵都聽見了這段沙啞的聲音所說的話。

然而即使如此，所有的義勇兵還是重新端正姿勢，向統一蒼帝跪拜。

「……大法神教會訂教審議會首席審問官克莉絲提亞．貝爾，以及大神官奧爾巴，謹遵偉大統一蒼帝陛下的御旨。」

「喂、喂，貝爾，妳……？」

「喲～奧爾巴，你看起來精神不錯嘛，好久不見啦。」

雖然奧爾巴因為頭銜擅自遭人利用而焦急不已，但將皇帝的玉體交給正翠巾將軍的艾伯特，不知何時已經像個好友般，用那粗壯的手臂牢牢固定住奧爾巴的肩膀。

「同為勇者的夥伴，我們一起好好加油吧，吶……」

儘管艾伯特臉上掛著極為開朗的笑容，但他一靠向奧爾巴耳邊，就以別人聽不見的低沉聲音說道：

「我不知道你有什麼野心，不過一切到此為止了。至少最後死得像個人類吧。」

「艾、艾伯特……」

「那麼，貝爾審問官！請妳說明一下，我們現在該打倒的……成為安特．伊蘇拉威脅的真正敵人，究竟是誰？」

艾伯特一面用他強健的臂力按住掙扎的奧爾巴，一面大聲向貝爾問道。

貝爾點點頭，將手指指向天空。

「我在此以訂教審議會首席審問官的身分，下達審判。與帶著聖劍者為敵的人，就是我們人類真正的敵人。也就是那三名自稱天使的『叛教者』！」

「唔……哈……哈哈，哈哈哈哈。」

被真奧揪著胸口，四肢無力垂下的加百列苦笑道。

「真、真過分……我、我好歹也告訴了你不少情報，我還以為你會稍微手下留情……」

「別只說些對自己有利的話。我這樣已經算是有手下留情了。不只是這次的事情，我可是還有至今被你耍了好幾次的仇恨啊。」

「嗯……原來如此，我了解了……哈哈。」

「總而言之，我不會殺了你。我要把你帶回日本，讓你把所有知道的事情都吐出來。」

「請、請手下留情……」

「也向那傢伙求情吧。她可是比我還要不留情面呢。」

「啊……她的個性看起來很倔強呢。」

真奧和加百列一同注視的對象，當然就是艾米莉亞。

雖然從本人的位置應該是聽不見這段對話，不過或許還是察覺兩人正在說她的壞話，艾米

莉亞皺起眉頭瞪向這裡。

「唔……」

「撒……旦……」

就在這時候，同時被真奧揪著加百列的另一隻手拎住脖子的拉貴爾和卡邁爾發出呻吟。

就結果而言，事情以真奧單方面的勝利告終。

跟拉貴爾等人當初策畫的一樣，真奧原本以為會陷入苦戰。

沒想到在彼此都能發揮本領的安特·伊蘇拉，生命之樹的守護天使居然只有這點程度的力量，甚至讓真奧本人感到有點掃興。

「現在還是先問這個好了。結果這個叫卡邁爾的傢伙，和我到底有什麼仇？我自己是沒什麼印象，不過坦白講，這已經超過讓人感到噁心的程度了。」

「……嗯，這就說來話長了。而且大概是和你想讓我吐實的主要內容有關的事情。」

「那就等回去後再說吧。話說你就算了，其他兩個人該怎麼辦？如果只是讓他們無法取回力量……等等，這麼說來……喂，伊洛恩上哪兒去了？我記得伊洛恩是『嚴峻』，所以應該是由卡邁爾負責吧？」

「……啊。」

加百列像是被真奧這麼一說才想起來似的點頭。

「沒錯……卡邁爾到底在幹什麼啊，要是伊洛恩有好好工作，我們就應該不會輸得這麼悽慘……」

「咦？」

加百列的話，讓真奧感到有些驚訝。

「那、那該不會，卡邁爾也能像惠美和阿拉斯·拉瑪斯那樣，和伊洛恩融合吧？」

「不……那和融合有點不一樣……為什麼，伊洛恩會……」

『真奧，你剛才是不是有提到伊洛恩？』

此時撒旦腦中突然響起艾契斯尖銳的叫聲。

「妳別突然大叫啦。嗯、嗯，我的確是有說到他。果然妳也認識伊洛恩嗎？」

『那當然！不過，我從那個叫卡邁爾的傢伙身上感覺不到伊洛恩的氣息。更何況，他是屬於不能當我們「宿木」的類型。』

「妳說什麼？」

艾契斯的話讓真奧驚訝不已。

卡邁爾無法充當「宿木」。換句話說，就是無法和質點之子融合？

「……喂，我家的『基礎』說伊洛恩不在耶。」

「咦，怎麼可能……因為在來這裡之前，他還和我們在一起……卡邁爾，你不是有將『嚴峻』納入支配底下……」

『支配底下？別說蠢話了！我們才不會被任何人束縛！所有的質點都是為了完成「知識」行動，透過「知識」的完成獲得解放！「宿木」只不過是一時的過渡！我們是組成世界的寶珠！不接受任何人的支配！』

「喂、喂，等等，艾契斯，妳剛才又隨口說出了重要的事情……」

『真奧！別管這些傢伙了，快和姊姊跟姊姊的「宿木」一起去找伊洛恩吧！然後衝進這些傢伙的家裡大鬧一場！快點！快點啦！非常快！愈來愈快！』

「嘎啊啊啊，冷靜一點，我有很多事情要整理，還是先暫時……」

「魔王！上面！」

「……撤退啦啊啊啊？」

在聽見艾米莉亞尖銳的聲音傳來時，那個現象已經發生了。

「唔呃，這、這是！」

依然被真奧揪著胸口的加百列一看見「那個」，就發出害怕的呻吟。

宛如直接撕開陽光普照的美麗藍天般，空間產生扭曲並露出一道陰暗的裂痕。

雖然光是這樣便能確定發生異常狀況，不過從那裡既感覺不到任何力量，也沒傳出任何聲音，而要不是艾米莉亞提出警告，誰也不會發現那個現象本身，就是最大的異常。

「魔、魔王，你還是快點逃跑比較好。這個真的很不妙！」

「啊啊嗯？」

在真奧的印象中，加百列從來沒像現在這麼慌張過。

真奧原本懷疑他又在像平常那樣得意忘形地演戲，不過從加百列眼神浮現出來的感情，實在太不符合這位大天使的風格。

加百列毫無疑問地正感到顫慄。

「這、這是『門』啊！不過並非普通的『門』。而是會將在場的一切都……唔哇哇哇！」

「唔、唔喔？」

「呀啊啊啊！」

「發、發生什麼事了？」

這扇突然開在空中的「門」，居然宛如吸塵器在吸房間的灰塵般，開始將底下的物品全部往上吸。

「唔，這、這到底是怎麼回事！」

在地面的貝爾，也為了不被「門」的作用吸上去而拚命趴在地上，感覺只要稍微一鬆懈，就會馬上被吸上去。

這點艾伯特和奧爾巴也一樣，雖然八巾騎兵們為了保護統一蒼帝，正彼此支撐組成了一個

人肉雪屋，但看起來依然只要一個不小心，整隻腳就會被吸離地面。

「唔，啊，糟、糟了……」

然而不幸的是貝爾周圍沒有能抓的地方，因此她輕盈的身體瞬間便被吸離了地面。

即使她拚命地飛翔抵抗試圖掙扎，但身體不知為何就是使不出力氣。

「啊……」

就在貝爾即將如同樹葉般被捲上去時——

「妳在發什麼呆啊。」

某人在空中接住了她。

回頭看向支撐自己身體的巨大存在後，貝爾大吃一驚。

「利、利比科古？」

「明明在日本時那麼有毅力，別因為這點程度的事情就驚慌失措啦。」

救了貝爾的，居然是曾經和她進行過一場生死對決的馬勒布朗契，利比科古。

「你、你……」

「我沒被吸上去。」

「什麼？」

「法雷和巴巴力提亞也一樣。艾謝爾大人，以及魔王大人也是……看來那道『門』，只會吸引強大的聖法氣……」

「什麼？」

聽了利比科古的話後，貝爾試著環視周圍，艾伯特和奧爾巴正為了不要被吸上去而拚命抵抗，但八巾騎兵們看起來似乎並未承受那麼強大的力量。

貝爾隔著利比科古，凝視遙遠的上空——

「唔喔喔喔喔喔喔喔喔喔喂喂喂喂，可惡，這是怎麼回事啊！！」

只見被真奧抱在手上的天使正受到強力的吸引，而真奧的身體也差點要一起被吸上去。

「唔呃嘎呃嘎喔喔喔好痛苦好痛苦會死會死！」

看來就連加百列也無法抵抗這股吸力，然而被卡在拉著自己身體的門和堅持不肯放人的真奧臂力之間，他的胸口和脖子正被拉得緊緊的。

「呀啊啊啊啊啊啊！」

「惠、惠美！」

艾米莉亞的身體，似乎也受到了這扇「門」的影響。

「唔，撐、撐住啊，艾米莉亞！妳這樣還算是勇者嗎！」

「這和是不是勇者沒關係吧！！」

「別、別亂動啦！小心我用爪子撕裂妳喔！」

「不、不用管我，我爸爸比較重要……」

「可惡！為什麼我非得保護艾米莉亞的父親不可！」

雖然在艾謝爾和法爾法雷洛兩人的協助下，艾米莉亞勉強撐了下來，但她果然和貝爾及加百列一樣，無法自由活動身體。

另一方面，被法術結界包住的諾爾德雖然不具備強大的力量，但似乎還是因為法術結界而受到了吸引，於是就由巴巴力提亞代替艾米莉亞按住他。

「喂，加百列！那是什麼！到底發生什麼事了……咦，啊！！」

就在這個瞬間，真奧原本抓著兩名天使脖子的左手，在暴風的影響下鬆開了。

「喂、喂，等等啊！可惡！」

一瞬間的疏忽，讓失去意識的拉貴爾和卡邁爾的身體被高高吸上天際，逐漸消失在撕裂天空的「門」中。

「可惡……喂，加百列！」

真奧勉強抓著加百列的衣服將他拉過來，由於判斷這樣下去會抓不住，因此真奧從後面將手臂穿過他的腋下，固定在他的脖子上，再全力往下拉。

「啊唔噎噎唔！」

「怎麼回事！聖法氣強的傢伙接連被吸過去了！」

「好……痛苦……會、會死……」

「喂！加百……」

『真奧！那個！』

就在這時候，艾契斯發出比以前任何時刻都要來得緊迫、並充滿憎恨的聲音。

儘管正在拚命留住加百列，真奧依然因為那道聲音中蘊含的魄力而抬頭望向神祕的「門」，然後他看見了。

「那是……」

「門」內有個非常嬌小的身影。

而且那身影擁有人類的外觀。

對方的身高不高，大概只有漆原或沙利葉的程度。

然而球體般的頭部，以及宛如布偶裝般膨脹的全身，讓那身影給人一種莫名矮胖的印象。

真奧最近曾經在電視上看過那種獨特的輪廓。

在日本，就連小孩子都知道那樣東西。那套服裝究竟叫什麼呢？

不過正因如此，在這種地方、這種狀況，才更不應該看見那套衣服。

「…………太空、服？」

真奧在「門」內隱約瞥見的那個「人」身上穿的，是在地球只有被稱為太空人的人員能穿，外形只能用太空服來形容的東西。

從真奧的位置，完全看不見那位於不透光球形面罩底下的「臉」。

然而不知為何，真奧知道那個穿太空服的人說了什麼。

就在這個瞬間——

『啊啊啊啊啊啊啊啊啊啊啊啊啊啊啊啊啊啊啊啊啊！！』

在真奧體內的艾契斯開始發出痛苦的慘叫。

「艾、艾契斯，妳怎麼了！」

『唔呃……唔，啊嘎啊啊啊啊啊啊！！』

不過艾契斯並未回應真奧的呼喚，只是持續發出慘叫。

「怎麼了，阿拉斯．拉瑪斯！妳沒事吧！」

此時，不希望聽見的艾米莉亞的慘叫，傳入了真奧耳裡。

真奧在艾契斯發生異常的瞬間擔心的事情，成了現實。

但是——

「惠美！怎麼了！該不會阿拉斯．拉瑪斯她……」

「我、我不知道！她突然覺得很痛苦……」

「可、可惡……到底怎麼了？喂，艾契斯！振作一點！」

『真……真奧……好、好痛……苦……啊啊啊啊啊啊啊啊！』

「艾契斯，艾契……唔？」

「阿拉斯·拉瑪斯！阿拉斯·拉瑪斯！」

真奧和艾米莉亞的身體，同時發生了異常。

兩人的身體裡流出紫色的光點，而那些光點正被吸進門內。

『媽媽！好痛！好痛喔喔！！』

『真奧……身體……我的身體！唔哇啊啊啊啊啊啊啊啊！』

「阿拉斯·拉瑪斯！」

「艾契斯！可惡，可惡！喂，加百列！這到底是怎麼回事！那傢伙到底是誰？」

「……脖、脖子……被勒住了……這……還用說嗎……你以為，我們大天使……是接受……誰的命令……」

「誰的命令……？」

為什麼至今都沒思考過這件事呢？

至今出現在真奧等人面前，那些自稱天使的人，除了天兵大隊以外，彼此之間全都是以對等的立場在互動。

沙利葉是如此，審判天使拉貴爾是如此，就連身為質點守護天使的加百列和卡邁爾也是如

此，即使他們各自擁有誇張的任務、頭銜或是力量，彼此之間依然是同位階的天使。

然而，他們不是經常這麼說嗎？

不是經常提到天界的命令或自己的任務嗎？

是誰在對身為天使的他們下達命令或賦予任務？

那樣的存在，就只有一個。

「那樣的東西不應該『存在』於『這個世界』。」

就在真奧想到那個答案的瞬間，於蒼天蓋上空開啟的「門」意外地失去了吸力。

將艾米莉亞和加百列往上吸的力量消失，重力的支配也突然恢復。

「呀啊！」

加百列的脖子因為這股衝擊而徹底被勒住，使得他終於翻白眼失去意識。

然而真奧根本沒空管這件事情。

「艾、艾契斯？妳沒事吧！」

「阿拉斯·拉瑪斯！振作一點！」

吸力一消失，真奧和艾米莉亞身上便停止釋放光點。

與此同時，原本折磨艾契斯的痛苦也消退了。

阿拉斯·拉瑪斯的狀況似乎也一樣，真奧看見艾米莉亞正緊緊抱著自己的胸口拚命呼喚她。

儘管因此暫時放心，真奧依然再度抬頭看向那道「門」，然後他遭到了一股足以將至今那些衝擊的事態全部吹得不留痕跡的衝擊。

「唔喔哇啊啊啊啊啊啊啊啊？」

「那、那是什麼啊啊啊啊啊？」

「咿、咿啊啊啊啊啊啊啊？」

艾謝爾、法爾法雷洛和巴巴力提亞，也在看見了和真奧相同的東西後，發出難以想像是這個世界會有的慘叫。

「那、那、那、那是什麼啊啊啊啊？」

「怎、怎麼了，利比科古？」

就連地上的利比科古，也露出了恐怖的僵硬表情，讓剛才受到他幫助的貝爾陷入驚慌。

然後現場最無法相信自己究竟看見了什麼的恐怕是真奧，他心裡湧出一股想大叫的衝動。

可見這個狀況有多麼不可能。

就某方面而言，比那個穿太空服的神祕存在還要更加神祕、更加恐怖的人物，居然出現在這裡了。

就連剛才在「門」的吸引下所刮起的風，現在都讓人覺得只能算是草原的微風，來人戴著一頂染成刺眼的純螢光紫色、上面插著金黃色孔雀羽毛的寬簷帽。

從帽緣散落而出的貴族般捲髮雖然極為優美，但在與帽子相同顏色的閃耀絲質洋裝對比下，看起來實在有害精神。

拿著由虹色寶石串連而成的手提包握把的那隻手臂上，戴著如發條般呈螺旋狀往上延伸的純金手環，看起來就像去骨豬肉一般，而指甲上更是擦了光看就會引起暈眩的極光色指甲油。

從火藥桶般的身體延伸出來、宛如大砲砲身的腳尖底下，踩了一雙讓人難以想像能夠支撐主人體重的極細白色漆皮高跟鞋。

即使能夠找出無數個她應該不會在這裡的理由，這位生活在超越人智的世界、甚至能讓一度升起的太陽都想逃回東方地平線的貴婦，正是位於遙遠異世界的木造公寓Villa・Rosa笹塚的房東，志波美輝。

「房、房、房、房房房房房房房房房東太太？？」

真奧終於忍不住發出尖叫。

接著志波一如往常地以遊刃有餘的態度，轉動那個讓人懷疑內部是否真的有關節的脖子，

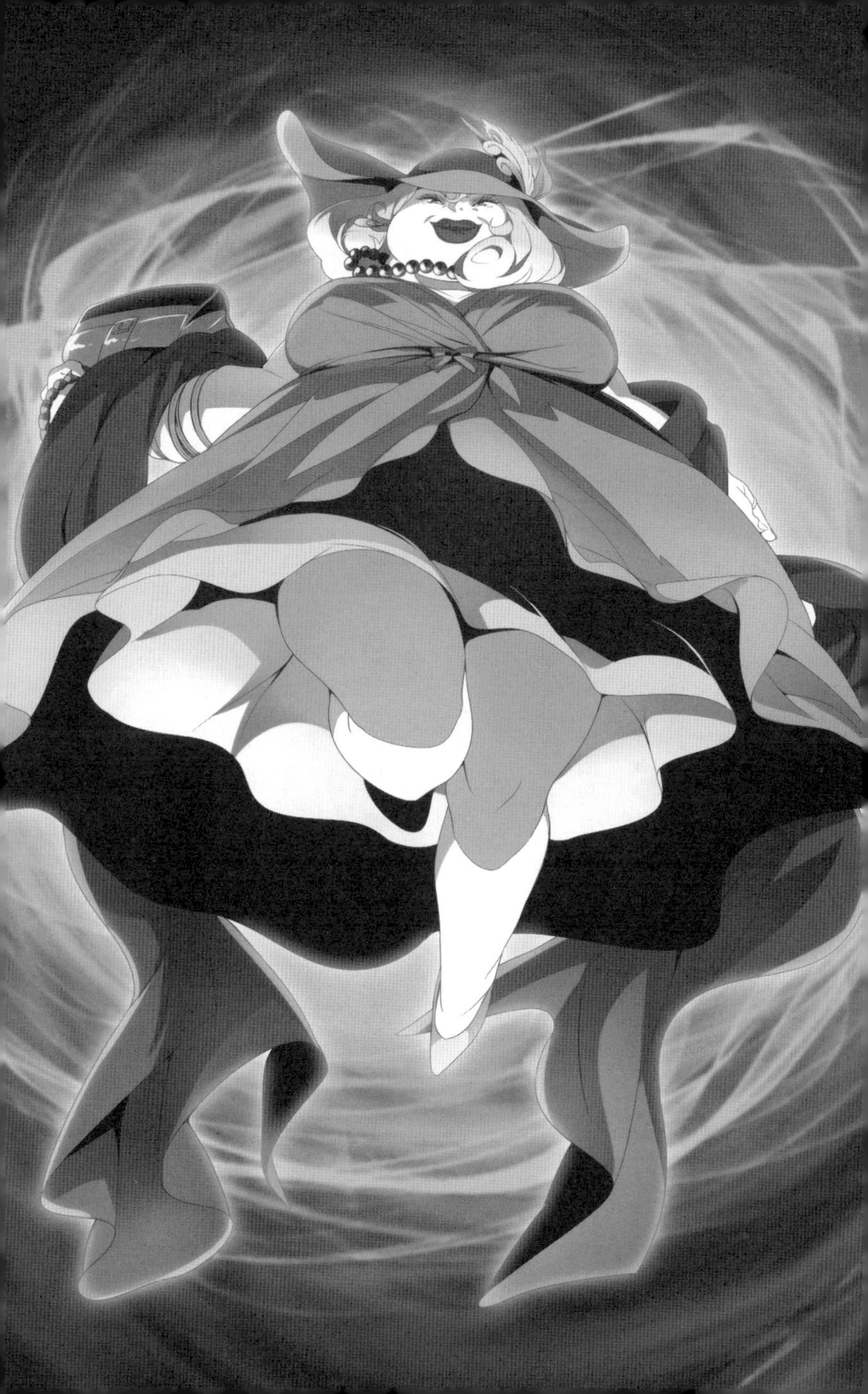

對真奧優雅的行了一禮。

「好久不見了，真奧先生。不好意思在你百忙之中，前來叨擾。」

「咦，啊，不，與其說正在忙，呃……那個……」

「我已經從佐佐木千穗小姐那裡得知了大致的狀況。雖然平常絕對不可能發生這種問題，但天禰似乎將不少事情說溜嘴了……」

說到這裡，志波看向艾米莉亞。

似乎想起過去曾經和志波說過一次話的艾米莉亞，露出彷彿全身都充滿疑問的表情。

「因為我覺得不能放著那位小姐以及讓真奧先生等人成為『宿木』的那些孩子們不管。」

「宿、宿木……」

為什麼志波會知道這個艾契斯曾經講過好幾次的詞呢？

「我還沒辦法狠心到放著遙遠的弟妹們受苦，卻依然置之不理的程度。」

接著志波露出伴隨著質量與壓力、足以壓倒觀者的微笑，抬頭看向位於遠方天空的「門」——

「……請您今天就到此收手好嗎？我想您應該不至於不知道，和我起爭執並非良策吧？」

然後對「門」內的太空人喊道。

也不曉得對方究竟有沒有聽見。

不過「門」內的太空人突然轉過身——

「啊……」

就這樣在所有人的面前以和出現時相同的方式，在毫無任何預兆與餘韻的情況下與門一同消失了。

之後被留下來的只有天空、兩個月亮，以及被戰鬥和光柱的餘波破壞到快要崩毀的蒼天蓋天守與雲之離宮。

以及——

「結束了……嗎？」

在艾米莉亞低喃的同時，惡魔、天使以及人類們像是突然從束縛中獲得了解放般緩緩起身。

「不，什麼都還沒結束。」

超然地佇立在空中的志波美輝，明確地否定了艾米莉亞的話。

「不只如此，或許應該說什麼都還沒開始才對。雖然在聽佐佐木千穗小姐說明時，我還沒想到會混亂到這個程度，不過看來這邊的世界症狀十分嚴重……」

「……房東太太，妳到底……」

「No，叫我小美。」

「喔、喔……」

在這個經過比卡邁爾的鎧甲還要鮮紅的口紅吐出的豔麗氣息要求之下，就連真奧也不得不點頭。

「真奧先生、蘆屋先生、鎌月小姐以及遊佐小姐，首先請你們先和那位俊美青年，一起回日本吧。」

志波所說的「俊美青年」，是指在激戰的最後差點被吸進門內，結果被真奧勒到昏倒的加百列。

先不管回日本這件事，總覺得加百列在被帶回去後、將面臨極為悽慘的恐怖遭遇的真奧，不自覺地產生了同情的念頭。

「請、請等一下！總、總不能放著這個狀況不管就直接回去……！」

艾米莉亞慌張地對志波說道。

雖然在背地裡操控艾夫薩汗與馬勒布朗契的天使們被打倒，神祕的「門」也關閉了，但這並不代表艾夫薩汗面臨的混亂已經獲得解決。

如今還有許多馬勒布朗契健在，而混亂的八巾騎兵們也不可能就這樣眼睜睜地看著艾謝爾回去日本。

即使有天使和惡魔在背後牽線，艾夫薩汗現在依然處於對安特·伊蘇拉全境宣戰的狀態。

「這個嘛……這方面就和我無關了。」

「可、可是……」

艾米莉亞低頭看向正從地上仰望這裡的眾多視線。

那裡的每一個人都因為不曉得接下來該如何是好而感到不安。

是否應該繼續戰鬥下去，應該和誰戰鬥？

如果是過去的艾米莉亞，或許會在這種時候以勇者的身分對人們說些鼓舞的話。

然而艾米莉亞已經只能為自己而戰，並深深地體會到自己是個利己的人，在這樣的心境下無論說出什麼樣的話，她都不認為有辦法對這麼多人傳達自己真正的心意。

至於雖然拿著聖劍、但明顯釋放出魔力的真奧就更不用說了。

就在這時候——

「啊……」

「嗯！」

位於地面的貝爾旁邊，出現了一個小型的空間扭曲。

面對這個儘管規模不大、但明顯是「門」出現的徵兆，體驗過剛才那現象的人們都不自覺地採取警戒。

「嘿咻……唔哇～～還真是變得亂七八糟呢～～」

「沒想到居然會變成這種狀況。」

從「門」內出現的兩名人類，都是艾米莉亞熟悉的人物。

「咦，艾美？」

其中一人是理應正在聖．埃雷的大教堂接受叛教審理的艾美拉達．愛德華，而另一人則是……

「和……盧馬克將軍？」

認出那張比艾美拉達更讓人意外的臉孔後，艾米莉亞尖叫出聲。

看起來比艾米莉亞年長十歲以上、身穿外交用儀式鎧甲的美麗女將軍——海瑟．盧馬克在走出「門」的瞬間，就因為周圍的慘狀板起了臉，不過她一認出位在上空的艾米莉亞，便用力向其揮手。

而稍微往旁邊一看，就能看見在確定剛才那場由「門」引起的暴風平息後，重新確認統一蒼帝安危的八巾騎兵們的身影。

俯瞰這一切的志波，優雅地低語道：

「這邊世界的事情，由這邊世界的各位來決定。」

「各～～位！停戰～～！請～～停戰！這是艾美拉達．愛德華和艾伯特．安迪的請求～～！暫時停戰～～！」

「皇帝陛下也期望停戰！所有人都先暫停行動！如有不從者，我將以勇者艾米莉亞的名義施以制裁！」

在所有人都無法決定接下來該如何行動的狀況下，艾美拉達和艾伯特開始以各自的方法控制場面。

「……你們幾個也下來吧！」

最後，貝爾朝天空呼喊。

真奧、艾謝爾與艾米莉亞，在聽見地面同伴的聲音後面面相覷。

「請過去吧。這點時間還在容許範圍內。這段期間，這位青年和……」

「啊。」

「咦？」

志波輕輕動了一下手指。

然後失去意識的加百列便離開真奧的掌握，像隻被釣起來的鮪魚般無力地浮在空中。

接著真奧和艾米莉亞的全身發出淡淡的光芒，下一個瞬間，憔悴地閉著眼睛的阿拉斯·拉瑪斯和艾契斯便實體化了。

「這兩個孩子就由我來照顧。特別是真奧先生如果就這樣下去，會給地面上的人們添麻煩吧？」

居然能無視身為「宿木」的真奧和艾米莉亞的意志，直接令「基礎」碎片的孩子實體化，

這讓志波這個存在的謎團變得愈來愈深了。

真奧和艾米莉亞短暫地互望一眼後，前者立刻將自己的魔力壓抑到最低限度，緩緩降落到地上。

此時無論真奧還是艾米莉亞，都不曉得阿拉斯·拉瑪斯與艾契斯現身的理由。

※

「你們還真是亂來呢～～蒼天蓋天守都變得破破爛爛的了～～」

「就是啊！」

首先向降落地上的真奧和艾米莉亞搭話的，是艾美拉達和貝爾。

「某方面來說～～這件事為世界帶來的衝擊可是比伊蘇拉·聖特洛過去因為魔王軍的入侵淪陷還要嚴重呢～～」

「真、真不好意思。」

魔王本人尷尬地道歉，不過即使如此，真奧還是有件事情想不通。

「話、話說回來，艾美拉達妳不是正在接受什麼宗教審判嗎？為什麼會出現在這裡？」

「宗、宗教審判？」

不曉得艾美拉達遭遇的艾米莉亞驚訝地發出反常的叫聲，艾美拉達則是一如往常地以悠然的態度看向身旁的貝爾說道：

「是貝爾小姐和盧馬克小姐解救了我～」

「鈴乃和盧馬克將軍？」

「沒到解救那麼誇張。只是稍微收拾了一些盤踞國家的鼠輩而已。」

穿著儀式鎧甲的女騎士──海瑟·盧馬克一被點名，便若無其事地聳肩回答。

「盧馬克小姐～知道我被送去接受叛教審理後～就特地從中央大陸返回帝都了～」

「因為我覺得艾美拉達不可能犯下得接受叛教審理的失誤。如果是她，應該會周旋得更加巧妙。結果不出所料，這件事果然是不平搞的鬼。」

「講得好像我個性很陰險似的～」

盧馬克聳肩回答艾美拉達的抗議：

「實際上就是如此吧。」

「才沒有這種事～！」

艾美拉達不滿地鼓起臉頰噘起嘴巴，但遺憾的是，在場似乎沒有人願意替她反駁盧馬克的說辭。

「而且光靠我一個人，根本就無法在這麼短的時間內讓艾美拉達獲得釋放。這都多虧了艾

伯特大人和貝爾審問官的協助。」

「我還是聽不太懂，鈴乃，妳去了西大陸一趟才回來的嗎？怎麼去的？」

按照真奧的記憶，鈴乃和艾伯特應該半天前才將他和艾契斯留在旅館並潛入皇都。

這麼一來，兩人究竟是怎麼跑到位於遙遠西大陸的聖．埃雷，去幫助艾美拉達和盧馬克的呢？

「我們潛入雲之離宮失敗……然後被加百列丟到了聖．埃雷的帝都。」

「嗯，我是有聽利比科古說你們被送去某個地方……」

真奧不自覺地仰望因為志波的力量浮在空中的加百列。

「坦白講我本來以為回不來了。不過我想到艾美拉達小姐人就在聖．埃雷帝都，只要請她使用『天使的羽毛筆』，或許還有希望。」

「在看見貝爾小姐～艾伯和盧馬克小姐一起走進叛教審理的議場時～我還以為自己在作夢呢～」

「叛教審理……啊！」

真奧在聽見這句話後才想了起來。

鎌月鈴乃——克莉絲提亞．貝爾在聖職者方面原本的職位。

「居然沒經過我這個訂教審議會首席審問官的承認，就對聖．埃雷的要人，而且還是救世英雄的其中一人進行叛教審理這種重大的案件，這情況可是非同小可。因為目前地位比我高的負責人，就只有大神官羅貝迪歐大人。我還在想到底是哪個來路不明的傢伙，下達開始審理的許可呢。」

既然是叛教審理，當然就必須審理被告究竟是如何違背了大法神教會的教誨。

而能夠做出那個判斷的，就只有過去被稱為異端審問會、現在改名為訂教審議會的教會機關。

「負責審理的官員和囂張地站在證人席的丕平將軍，一見我的臉就當場嚇得腿軟了呢。」

「然後，在貝爾阻止審理的期間，盧馬克女士就逼著丕平當場重新檢視所有『叛教的證據』。」

艾伯特接著說明下去，艾米莉亞只能目瞪口呆地聽著在這半天內、於世界彼端展開的另一場大戰。

「不過～雖然我自認並沒有大意～但結果還是被孑孓．丕平給將了一軍～～真是氣死人了……吶～～奧爾巴～～？」

艾美拉達唐突地將話題丟給奧爾巴。

雖然只有本人和真奧這些清楚真相的人知道，不過在拉貴爾和卡邁爾消失，以及加百列昏倒後，如今位於馬勒布朗契們、真奧和艾謝爾背後的奧爾巴，實際上已是孤立無援。

艾美拉達以蛇一般的視線，看向全身發抖到連站都站不穩的奧爾巴。

「什、什麼事？」

「裝傻也沒用喔～明明是個見不得光的人～但你似乎精力充沛地到處布局呢～」

奧爾巴臉色蒼白，就連剃光的頭頂都失去血色。

「你不是讓什麼都不知情的卡希亞斯城塞市的教堂祭司帶著艾夫薩汗的錢～去收買蛆蟲丕平的勢力～藉此管理斯隆村周邊的地區嗎～那個下水道丕平鼠輩～在收了你的錢後似乎非常開心呢～？」

「那是……」

「調查斯隆村周邊的我～對他來說應該很礙事吧～就在他透過叛教審理將我關在帝都並因此沾沾自喜時～貝爾小姐逆轉了局勢～盧馬克小姐用細劍從後面一指！他就吐出了一堆骯髒到甚至讓人無法作嘔的證據呢～」

「啊……啊……」

「在盧馬克小姐將那些證據帶到審理現場～貝爾小姐對教會派來的審理官說了許多恐怖的話後～大神官賽凡提斯甚至特地使用天之梯從聖．因古諾雷德趕來～跪著請求中止我的審理喔～？不過這也是理所當然的吧～？畢竟不只是好不容易以行蹤不明收場的大神官～又爆出醜聞並被列舉出明確的證據～還被人掌握了卡希亞斯城塞市的教堂祭司違法的罪證～」

艾美拉達像是在折磨已經完全失去血色的奧爾巴般，一字一句地緩緩說道。

「斯隆村周邊的教會騎士和近衛騎士，已經全都在我們的控制之下～你原本打算在我好友的老家～～做什麼壞事對吧～～？」

「艾、艾美？這、這麼說來……」

在聽了艾美拉達的話後，艾米莉亞忍不住大喊出聲。

既然奧爾巴在斯隆村周邊的部下，都已經被艾美拉達和盧馬克控制，這就表示──

「……艾米莉亞……都怪我們能力不足，害妳似乎受了不少苦。不過已經沒問題了。妳父親的田，現在正由法術監理院的人們在守護。」

艾美拉達溫柔地說明。

艾米莉亞雙手掩面，輕輕嘆了口氣。

那是發自她的內心，由放心、喜悅、後悔，以及希望混雜而成的聲音。

見艾米莉亞解除緊張後，艾美拉達以符合聖·埃雷宮廷法術士頭銜的毅然態度宣告：

「奧爾巴·梅亞。你必須負起欺騙民眾、褻瀆大法神教會的教誨、讓全世界的人們陷入危機，以及貶低救世英雄（艾米莉亞）地位的責任。」

奧爾巴沮喪地垂下頭，默默地聽著這道宣言。

這次他的罪狀，真的被人向全世界揭露了。

「不過如果你還殘留些微的人性……有意願說出關於目前籠罩安特．伊蘇拉黑暗的真相，神聖．聖．埃雷帝國將保障你贖罪的機會。奧爾巴，你愚昧的夢想，現在已經結束了。」

「唔……」

艾伯特像是要逮捕垂頭喪氣的奧爾巴般架起他的手臂，而後者也毫不抵抗地任其擺布。

確認奧爾巴已經屈服後，艾美拉達深深嘆了口氣。

「唉～～果然很累人～～」

「妳就是這部分陰險……」

盧馬克一看見艾美拉達鬆懈下來，便嘆氣似的如此說道，不過她立刻就端正表情，在緊張地確認過這邊的狀況後，重新轉向前斐崗義勇軍的八巾騎兵們說道：

「那麼……八巾的騎士們。我的名字叫海瑟．盧馬克，是五大陸聯合騎士團的西大陸代表。我這次來，是為了謁見統一蒼帝陛下。」

若是正常的外交，絕對不會有人這麼做。

光是大人物直接利用「門」闖入他國的中樞，便足以構成嚴重的國際問題，在毫無預約的情況下直接要求和皇帝會面，更是無禮至極的行為。

然而——

「有話……就直說吧。」

以沙啞的嗓音推開騎兵們現身的，正是如果並非派遣王侯等級的公使，根本就沒機會見到面的統一蒼帝本人。

「這次，是特例……在這蒼天之下，無論妳我……都同樣……只是一介人類。」

「承您貴言。」

盧馬克遵照艾夫薩汗的禮儀，跪拜在統一蒼帝面前，而艾美拉達也以聖．埃雷高官的身分效法。

「陛下。我代表五大陸聯合騎士團，前來請陛下您偃兵息甲。」

「……嗯。」

盧馬克接著說道：

「這次發生在皇都．蒼天蓋的悲劇，只不過是現在籠罩安特．伊蘇拉全境悲劇的一部分。若人類們在魔王軍留下的傷痕尚未痊癒之前便彼此相爭，恐怕將難逃世界真正的危機。就連貴國偉大的歷史也可能因此斷絕，我想陛下絕對不希望看見這樣的事情發生。」

「……嗯。」

「能否請貴國派代表，前往由五大陸聯合騎士團見證的休戰協定會場呢？即使只有短暫的時間，我們依然希望東西南北的人民能夠享受到魔王軍入侵以前的和平，望陛下成全。」

聽著盧馬克的說辭，艾米莉亞不自覺地側眼偷瞧真奧的狀況。

「……咦？」

看完後，她納悶起自己為何作出這種事情。

艾米莉亞在意的是，真奧是否會對盧馬克那彷彿這世界的所有爭端，都該由魔王軍負責的說法感到介意。

魔王軍入侵前的安特・伊蘇拉，絕對不是所有人都攜手合作，歡笑度過的和平世界。

大國間檯面下的牽制自然不在話下，就連小國間的戰爭也屢見不鮮，除了艾夫薩汗之外，南大陸的哈倫王國現在也同樣埋首內戰。

當然盧馬克的說辭只是基於外交上的方便，任何人都沒必要照單全收，但發現自己過去從來沒顧慮過真奧心情的艾米莉亞，還是獨自陷入困惑。

另一方面，直接面對這番說辭的統一蒼帝，卻意外乾脆地答應了盧馬克的請求。

「……好吧。之前的……宣戰……是由於我的不才所致……所以，我會派遣正蒼巾的騎士長過去。」

「……萬分感謝。」

盧馬克深深低頭表示謝意。

儘管變得寒酸不少，結束與盧馬克會談的統一蒼帝，依然在斐崗的八巾騎兵們守護之下，回到建築物本身平安無事的蒼天蓋天守。

艾美拉達和盧馬克目送對方後，便趕到艾米莉亞身邊。

「之後的事情～妳就不必擔心了～」

「雖然事到如今才說這種話，或許無法取得妳的信任……不過整個安特·伊蘇拉，都開始逐漸理解艾米莉亞獨自背負的重擔所具備的意義了。」

「艾美……盧馬克小姐……」

「從今以後～艾米莉亞就為了自己而戰吧～我和艾伯～都會和以前一樣全力支持妳～」

「……嗯，謝謝你們。」

艾米莉亞用力點頭，抱緊好友。

艾美拉達應該一直都知道，艾米莉亞無論何時都只為了自己而戰。

即使如此，她還是一直都像這樣陪在艾米莉亞身邊。

艾米莉亞發自內心地希望，自己未來能夠回報這分友情。

盧馬克看著兩人溫馨的擁抱，然後這次改以嚴肅的表情，重新轉向將壓倒性的魔力隱藏在人類身體裡的青年。

「沒想到你就是過去侵略安特・伊蘇拉的魔王，這實在令人驚訝不已。真要說起來，我們能像這樣悠閒地對話本身就是件奇怪的事情。」

「這種事我比誰都來得清楚。」

「然而……不可思議的是，你們對現在的艾美拉達與艾伯特，還有艾米莉亞而言，已經是不可或缺的存在。更何況要不是有你們和貝爾審問官的力量，我們根本就無法拯救艾美拉達、揭露奧爾巴的罪行，或是讓東大陸重新站上五大陸聯合交涉的舞臺。就算無法將一切都付諸流水，而且我們遲早將清算你們這些惡魔的罪孽……但是即使如此，僅限於現在，我非常感謝你們。」

盧馬克輕輕行了一個注目禮，艾謝爾因此露出複雜的表情，貝爾坦率地垂下頭，唯獨真奧不屑地笑道：

「算了吧。無論再怎麼落魄，我都是魔王，而這些傢伙是惡魔。雖然之前失敗了，但這並不表示我已經放棄征服安特・伊蘇拉。要是還說這種天真話，你們總有一天會後悔的。」

「我會祈禱那一天永遠不會到來……那麼……」

盧馬克以無畏的笑容輕輕帶過真奧的挑釁，然後倏地看向在真奧後面待命的巴巴力提亞、法爾法雷洛，以及利比科古。

「姑且不論這件事情，如果讓你們就這麼回那個叫日本的地方，我們會非常困擾。如果不想辦法處理這些馬勒布朗契，或許就得立刻在這裡重啟戰端了。」

「我知道啦。我本來就已經說過好幾遍，要這些傢伙回去魔界了。」

真奧皺起眉頭——

「嘿！」

然後面不改色地像在開房間的窗戶般，輕易在盧馬克身邊開了一個「門」的洞口。

「巴巴力提亞。」

「……是。」

他朝背後一喊，馬勒布朗契的首席頭目便立刻回應。

「西里亞特應該已經先回去了。如果這次學到教訓了，就給我暫時安分一點。」

「……遵命……」

「魔王大人。」

「喔。」

繼畢恭畢敬的巴巴力提亞之後，法爾法雷洛也在真奧的身邊跪下。

「一切全都如同魔王大人所言……還請您原諒我等的愚昧。」

「稍微尊敬我一點了吧？要記得把其他馬勒布朗契也一個不剩地全帶回去喔？」

「是……」

「……喂。」
另一方面，利比科古則是轉頭對貝爾說道：
「我不知道妳接下來有什麼打算……但可別死了。」
「沒想到我也會有被馬勒布朗契擔心的一天。」
貝爾雖然苦笑，但看起來並未感到不悅。
她將手伸向利比科古失去的手臂：
「希望下次見面時，我們的關係能進展到並非依靠刀劍，而是以言語對談。」
「隨妳怎麼說。真是的，為什麼每個人類都這麼莫名其妙。」
「彼此彼此，我最近也愈來愈搞不懂你們這些惡魔了。」
這是兩年前絕對不可能有的光景。照理說只可能存在於日本笹塚的Villa・Rosa笹塚二〇一號室的光景，如今也出現在安特・伊蘇拉的世界。
人類與惡魔的對話。
看見過去人類與惡魔雙方都認為不可能的事情現在像這樣實現，艾米莉亞不自覺地用力咬緊嘴唇。
巴巴力提亞和法爾法雷洛號令還留在蒼天蓋的馬勒布朗契們集合，然後新生魔王軍們就在因為不習慣大批惡魔而感到畏縮的盧馬克目送之下，透過真魔王開啟的「門」返回魔界了。

「喂……魔王。」

「嗯？」

艾米莉亞——身上既沒有進化聖劍・單翼也沒有破邪之衣的遊佐惠美，朝目送馬勒布朗契們離開的真奧背影說道：

「我有件事必須向你道歉，就和我剛才說的一樣……那個……」

「妳是指馬勒布朗契們的事情嗎？」

「……嗯，我……」

惠美吞吞吐吐地說明至今的經過。

回到安特・伊蘇拉後的事情，父親的麥田還生長著的事情，以及僅僅為了那片麥田，就讓馬勒布朗契的頭目被義勇軍殺害的事情。

她坦白、詳細地說明一切。

真奧一次也沒打斷惠美，只是靜靜聽著她的告白。

「所以……我已經沒有資格責備你了……」

「居然在意這種事情。妳是笨蛋嗎？」

「咦？」

「雖然這麼說有點冷淡，但坦白講那種事隨便怎樣都好。」

「什、什麼叫隨便怎樣都好……馬勒布朗契不也是你底下的惡魔嗎？」

「是這樣沒錯，不過在法爾法雷洛來日本時，我已經說過很多次要他們從安特．伊蘇拉撤退了。無論巴巴力提亞還是其他的頭目，都沒有聽從我的命令，所以那些運氣不好並誤判情勢的傢伙才會死。就只是這樣而已。」

「……可、可是……」

「就算妳為這種事情動搖又能怎麼樣。若妳是為了自己才殺害惡魔，那不是跟以前一樣嗎？」

「……唔！」

事實的確就是這樣。

然而話雖如此，內心只要一度失去穩定，就無法輕易恢復均衡。

或許是察覺到惠美的動搖，真奧更加用力地嘆了口氣，刻意搖頭說道：

「害妳成為勇者的，是我這個魔王。沒必要事到如今才硬找理由扭曲這點。說得極端一點，我和妳的關係打從開始就一直沒有改變。」

此時真奧首次轉頭看向惠美。

惠美不知為何就連這時候都無法直視真奧的臉，慌張地低頭迴避後者的視線。

當然不會在意這種事的真奧，清楚地說道：

「真要說有什麼改變，大概也只有我自作主張地稱妳為大元帥吧。」

「什……」

惠美猛然抬起頭。

在別人面前被稱為大元帥，難道不會構成問題嗎？

腦中瞬間浮現出被指名為大元帥那天的事情，讓惠美不自覺地臉紅。

「那、那是你擅自這麼說的吧！我、我可是從頭到尾都沒答應……」

「所以我才說是我自己自作主張啊……話說回來，惠美，妳該不會忘了妳還有其他比我更需要道歉的對象吧？」

「……啊。」

真奧無視惠美的困惑，皺起眉頭。

「小千和鈴木梨香那邊，搞不好就算下跪也無法解決喔。」

這句出乎意料的話，讓惠美頓時啞口無言。

「小千每天都哭著擔心妳還沒回來，鈴木梨香也因為妳那輕率的概念收發（idea-link），而親眼目睹了蘆屋被加百列抓走的過程。」

「啊……那個……」

「啊，順帶一提，我已經買好小千的生日禮物了。反正妳一定什麼都沒準備吧。啊～啊，

明明妳原本就已經夠讓小千沮喪了。」

「…………啊嗚。」

惠美因為真奧告知的事實，以及自己的膚淺對朋友造成的影響而感到衝擊，發出呻吟陷入沉默。

「唉～說真的，妳到底是怎麼了。看來妳似乎吃了非常糟糕的東西。」

真奧受不了似的看著雙手忸忸怩怩、不知所措的惠美，安慰似的用手輕拍惠美的肩膀。

「唉，這表示妳的遭遇就是如此艱辛。等回日本後再好好道歉，將能說的事情都慢慢從頭說清楚吧。既然你們是朋友，她一定能夠諒解的。」

「…………嗯。」

惠美不自覺地將手放在被觸摸的肩膀上，輕輕點頭。

※

那通聯絡來得十分突然。

從學校回到家的千穗一將書包放到房間的書桌上，便因為手機突然響起而嚇了一跳。

「千穗？妳還要出門嗎？」

才剛從學校回來的千穗又再度如風般的跑出家門，讓驚訝的母親出聲探問，然而千穗的內心焦急到沒有回應的餘裕。

千穗一衝出家門，就全心全意地跑向傍晚時分的笹塚。

百號大道商店街上因為擠滿了來購物的客人和從通勤通學回家的人們，而變得寸步難行。

即使如此，千穗依然巧妙地穿越人群持續奔走。

「啊啊，真是的！」

然而偏偏在這種時候，車站前面的交通號誌亮起了紅燈。

千穗毫不猶豫地跑上穿過首都高底下的天橋樓梯。

即便穿過天橋和等紅綠燈的時間幾乎沒什麼差異，千穗還是盡可能地全力奔跑。

隨著背後傳來號誌變綠燈的聲音，千穗已經穿越京王線笹塚站的高架橋下方。

這裡還是一樣停了許多自行車，但千穗完全沒將這件事放在心上。

她輕輕彎過菩薩大道商店街，延著溝渠筆直前進，在途中繞了幾條小路後，總算看見了目的地。

那是一棟木造的老舊二層樓公寓。

千穗最重要的場所。

千穗重要的人們聚集的場所。

「啊！」

奔跑的同時，千穗看見了。

在圍牆環繞的後院裡，發出了熟悉的光芒。

千穗擦著流進眼睛裡的汗水，全神貫注地穿過掛著「Villa・Rosa笹塚」看板的圍牆出入口，衝進後院。

「真奧哥！」

千穗叫著手機上顯示的人物姓名，在她的腳底踏過已經比之前除草時還要茂盛許多的雜草和土壤時，在那裡的人們也因為聽見千穗的聲音而回過頭。

「喔，小千。妳來得真快。」

「啊。」

「喔喔。」

「哎呀？」

「啊，是千穗。」

「小千姊姊！」

那裡聚集了許多人。

有人沉著穩定，有人疲憊不堪，有人如釋重負，也有人失去意識被人背著，每個人的表情都各不相同。

不過就只有一個人難為情地微微低下頭，叫著千穗的名字。

「……千穗……」

「遊佐……小姐……」

就在這個瞬間，千穗的淚水彷彿瀑布般開始傾洩而出。

她無法壓抑自己。

千穗順從自己的衝動再度用力踏出腳步，衝進那個人的懷裡。

「遊佐小————姐！！！真是太好了————！」

「千、千穗……」

「我、我好擔心妳喔喔喔喔！我真的，非常擔心，要是再也看不到遊佐小姐，到底該怎麼辦才好，嗚、嗚嗚……嗚哇哇哇哇哇哇！」

「千穗……謝謝妳……替我擔心，對不起，對不起喔……」

惠美戰戰兢兢地抱住依偎在自己懷裡的千穗肩膀。

「小千姊姊，我回來了！哇噗？」

「阿拉斯．拉瑪斯妹妹……」

千穗發現有雙小手正拉著自己的裙襬，在低頭看見那張稚嫩的臉後輕輕倒抽了一口氣。

不過她立刻便彎下腰，用力地抱起小女孩。

「幸好……妳平安無事……！真的、真的，真的是太好了……！」

「啊嗯，小千姊姊，不要哭啦！」

「嗚哇哇哇哇哇哇！」

自從與艾契斯重逢後、便莫名地對人擺出姊姊架子的阿拉斯．拉瑪斯撫摸著千穗的頭髮。

哭了一段時間後，千穗總算恢復冷靜，環視歸來的眾人。

她發現被蘆屋背著的加百列時嚇了一跳，然後在發現一位被真奧背著的陌生男子後，再度看向惠美。

「遊佐小姐！那位該不會是……！」

「沒錯。等他清醒後，再讓我介紹他給妳認識吧。」

惠美害羞地紅著臉，輕輕微笑道。

「他就是我爸爸。」

「遊佐小姐！」

感動至極的千穗放開阿拉斯・拉瑪斯，直接再度撲向惠美。

「喔～是感動的重逢呢。」

此時，天禰打開公寓二〇二號室的窗戶，從裡面探出頭來。

「歡迎回來，蘆屋老弟，沒事就好。我可是有好好幫你傳話喔。」

「萬分感謝。」

一位並非穿著誇張的大元帥鎧甲，而是一套有著鬆弛衣領與破舊褲子的UNI×LO的人類——蘆屋四郎苦笑地仰望天禰的臉。

「天禰小姐，您留守時有發生什麼不尋常的事嗎？」

依然穿著法衣的鈴乃一問，天禰便苦笑地努了努下巴。

「小美姑姑過去你們那邊，應該算是非常不尋常的事情吧。」

「天禰。」

與真奧等人一同回來的房東志波，以略帶嚴厲的語氣打斷姪女。

「那麼，我想真奧先生和鎌月小姐的房間應該不適合照顧遊佐小姐的父親。而以他現在的狀態，也沒辦法送去醫院或用計程車載到遊佐小姐家，總之我先去打開一〇一號室的門。遊佐小姐，請先將令尊移到那裡吧。妳放心，那裡有打掃過。」

「啊，好、好的，感謝妳的關照。」
惠美在被千穗抱著的情況下，向志波的好意道謝。
「蘆屋先生，不好意思，麻煩你將那位俊美青年送到我家。我現在要去拿一〇一號室的鑰匙，請你跟我一起來吧。」
「好、好的……」
不用說蘆屋，真奧也因為志波的話而板起臉。
接下來究竟有什麼樣的悲劇在等待加百列，明明好不容易回到日本，究竟蘆屋在進了志波家裡後還能不能回來，兩人的腦中充滿了諸如此類的不安。
「呃，那個，總之我們先進房間吧，行李之後會再送來，這次真的累慘了，我想先靜下來。」
真奧看著千穗等人的樣子，重新背好諾爾德說道。
「你剛才說……行李？」
依然抱著惠美的千穗一問，鈴乃便苦笑地回答：
「唉，發生很多事。又給艾美拉達小姐添了不少麻煩……對了。」
此時鈴乃像是突然發現什麼似的，抬頭看向天禰。
「話說回來，天禰小姐，路西菲爾呢？」

這個問題，讓天禰不知為何尷尬地逃避鈴乃的視線。

「呃，那個，漆原老弟……發生了一些事情，正在住院。」

「咦？他還沒出院嗎？」

對天禰那過於震撼的發言表現出更進一步反應的不是別人，正是千穗。

既然一直待在日本的千穗都這麼說了，那漆原應該是確實住院了。

「唉……我本來還以為這邊不會有什麼事。」

雖然真奧因為這段話而沮喪了起來——

「不過這麼一來，總算是跨越了一個難關。」

他說完這句話後，便轉向依然抱著惠美淚流不止的千穗，以滿臉的微笑對她說道：

「我回來了，小千。」

千穗也以不輸給他的笑容——

「真奧哥、遊佐小姐、阿拉斯・拉瑪斯妹妹、蘆屋先生、鈴乃小姐、艾契斯妹妹……」

充滿活力地回答：

「歡迎你們回來！」

終章

諾爾德．尤斯提納的昏睡比惠美最初想像的還要深沉。

自從諾爾德和蘆屋被加百列從Villa．Rosa笹塚綁走，已經過了一個星期以上。

他的身體非常衰弱，就連從安特．伊蘇拉回來後經過整整兩天，都沒恢復意識。

即使知道諾爾德之前在日本生活，惠美也不曉得他住在哪裡，而且別說是住址了，既然連戶籍和保險的狀況都不清楚，那也沒辦法找醫生。

雖然一行人姑且有問過艾契斯——

「住址？嗯～三鷹？」

不過在得到這個必須搜索極廣範圍的答案後，每個人都放棄了追查。

根據鈴乃的診斷，諾爾德只要能在三天內醒來就不會有生命危險，因此真奧等人便讓他在志波替大家開啟的Villa．Rosa笹塚一○一號室靜養。

惠美回到日本後只回過位於永福町的公寓一次，然後便帶著讓諾爾德在Villa Rosa笹塚一○一號室休息的棉被與最低限度的生活必需品，持續陪在父親身邊看護著他。

說到看護，漆原的身體狀況也同樣令人擔心。

雖然天禰不知為何頑固地不肯開口，但從千穗的話中端倪，不難推斷出漆原的住院和房東志波有關。

問題在於她們到現在都還沒告訴任何人漆原住院的地點。

比起漆原的身體狀況更在意醫療費用的蘆屋，一回來就立刻變得臉色發白，而即使撇開這點不談，真奧等人接下來還必須在志波的協助下，一個一個地解開在這次的安特·伊蘇拉親征中大量增加的謎團。

順帶一提，因為真奧無意識的暴行而完全停止呼吸的加百列，雖然奇蹟似的撿回了一條命，但按照志波的說法，他的生命似乎比諾爾德還要危險許多，因此現在正被收留在志波家裡。

儘管真奧滿心想解開世界的謎團，但一想到蓋在公寓隔壁的志波家裡究竟在舉辦何種恐怖的儀式，就讓他感到毛骨悚然。

此外唯一出入過志波家的蘆屋，就像是在印證真奧的不祥預感般堅持不肯說明志波家裡的樣子，惡魔之王對隔壁土地的恐怖伏魔殿抱持的不好預感，也因此持續加深。

「魔王，方便打擾一下嗎？」

就在真奧因為自行想像的神祕恐怖而顫抖時，鈴乃輕輕按響魔王城的門鈴並走了進來。當

然，她現在已經換回了平常熟悉的和服裝扮。

在大法神教會內外那樣大出風頭的鈴乃，之所以能像這樣回到日本，主要都是多虧了艾美拉達、艾伯特，以及盧馬克的協助。

大神官奧爾巴的叛教行為，與聖·埃雷近衛騎士團長和教會的勾結，原本應該是足以讓教會的權威大大墜落的大騷動。

然而揭露這一切的是克莉絲提亞·貝爾，換句話說就是同屬教會組織的訂教審議會，所以大部分的人都傾向認為這是教會自行整肅的弊端。

雖然大法神教會因此驚險地躲過了致命傷，但反過來說，教會的生殺大權也被掌握在克莉絲提亞·貝爾手上。

畢竟克莉絲提亞·貝爾對教會至今的黑暗面了解得十分透徹，而如今她又並非透過金錢，而是基於信仰與正義的精神與神聖·聖·埃雷帝國建立了穩固的羈絆。

在重回五大陸聯合的艾夫薩汗八巾騎兵中，也有人將克莉絲提亞·貝爾的名字和艾美拉達·愛德華與艾伯特·安迪並列為「勇者的新夥伴」加以稱頌，若想耍什麼手段妨礙她現在的自由，不曉得大法神教會將遭遇何種恐怖的報復。

當然鈴乃本人是將透過教會守護人們的信仰擺在第一位，所以她完全沒有打算對教會組織不利。

不過在打斷艾美拉達的叛教審理時，鈴乃就已經事先對大神官賽凡提斯表明，自己不打算饒過那些誤導了正義與信仰的掌權者。

據艾美拉達所言，首席大神官羅貝迪歐在從賽凡提斯那裡聽見這段傳言後，便心力交瘁地臥倒在床。

總之就算稱現在的克莉絲提亞．貝爾——亦即鎌月鈴乃，是安特．伊蘇拉最強的聖職者也不為過。

作為一個代替奧爾巴協助艾米莉亞拯救世界的人，她在安特．伊蘇拉的自由比誰都要受到保障。

「我已經把和志波小姐會談的時間通知千穗小姐了，而她也回簡訊說要參加了。」

「嗯？那封簡訊我也有收到喔？」

真奧納悶地拿出手機，打開千穗寄來的簡訊。

「我知道。因為有留下同時送訊的記錄。我只是有點事情想問你，你不覺得千穗小姐的樣子感覺有點奇怪嗎？」

「嗯？」

雖然真奧等人回到日本時，千穗的確是哭得很誇張，但看在真奧眼裡，他並不覺得有什麼太大的變化。

「她用的表情符號似乎比平常少了一點……不過這應該沒什麼好在意的。」
真奧如此回答，而他拿出的手機，居然還是那個在雲之離宮被弄得破破爛爛的手機。
「……你也該死心，換個機種了。在這種狀態下充電很危險吧。」
「我是很想那麼做，但我沒錢，而能討錢的傢伙，又還是那種狀態。」
真奧說完後，指向公寓的榻榻米。
「啊，原來如此。」
鈴乃在理解那個手勢的意義後，表情複雜地點頭。
「除了簡訊以外，我還有其他感到在意的事情。」
「嗯？」
「我們回來的那天……雖然只有短短一瞬間，但千穗小姐似乎露出了某種像是在害怕或悲傷的表情。」
「有嗎？」
當時的千穗，怎麼看都只是始終在替真奧等人的歸還感到開心。
「就是因為沒有證據，我才會問你啊。我本來以為千穗小姐有找你商量什麼事情，或是你又沒考慮千穗小姐的心情，對她說了什麼沒神經的話。」
「……我說啊。」

「無論答應還是不答應，你也差不多該給她個回覆了吧。」

「妳從前陣子開始就一直針對這件事找我麻煩耶……」

就只有這件事並非錯覺，鈴乃和以前不同，變得會開始明確介入真奧和千穗的關係。

雖然不知道她究竟希望這件事往哪個方向發展，但在蘆屋面前被問到這個問題，還是讓真奧覺得尷尬得不得了。

「唉，就算這只是玩笑話。」

「聽起來一點都不像啊。」

「艾米莉亞託我幫忙買些看護諾爾德先生必須用到的東西，不過那些量我一個人拿不太方便。你可以陪我一起去嗎？」

「咦？為什麼要找我？」

真奧不自覺地發出嫌麻煩的聲音。

「你也沒必要表現得這麼厭惡吧？」

鈴乃不知為何露出受傷的表情，真奧慌張地搖頭：

「呃，不是啦，剛才那是因為聽見是惠美的事情，所以我才會反射性地那樣說。」

「你不是說過要買禮物，向和你調班的打工同事們道謝嗎？我只是覺得能順便一起去而已。別表現得那麼反感啦。」

「貝爾，妳到底在說什麼？」

「嗯？」

鈴乃露出困惑的表情，看起來是真心對蘆屋的質問感到疑問。

「妳至今不是從來沒積極地與魔王大人一同行動過嗎？也難怪魔王大人會感到混亂。」

「嗯……是、是嗎……？嗯？」

面對蘆屋的指摘，鈴乃不知為何狼狽地後退一步，就在這個瞬間，她因為有人打開公共走廊入口的門而將注意力移向那裡。

真奧與蘆屋也跟著鈴乃的視線看過去，只見公寓公共走廊的入口那裡，出現了一道人影。

「……啊！」

注意到真奧、鈴乃，以及蘆屋的鈴木梨香，表情複雜地低頭行了一禮。

一〇一號室的門鈴聲讓惠美恢復了意識。

她慌張地揉眼睛，然後發現自己不小心坐著睡著了。

因為整日沒睡地替父親看護，疲勞已經累積到巔峰。

惠美對自己明明能夠連續戰鬥十幾個小時，但清醒二十四小時以上體力就大幅衰退的身體感到不可思議。

從時鐘來看，她似乎睡了三十分鐘。

此時門鈴再度響起。

從時間推斷，來人應該是受託出門買東西的鈴乃。

「啊，貝爾，對不起，我現在就開門。」

惠美將遮住臉龐的前髮撥開——

「謝謝妳，東西那麼多應該很重…………」

打開玄關的門，然後於看見站在那裡的人後驚訝得屏住呼吸。

「嗨，好久不見。」

約一個月不見的日本朋友若無其事地簡短說道，並將塑膠袋遞給惠美。

「梨香……」

困惑的惠美猶豫著該不該接下袋子——

「快點啦，很重耶。」

然後被正常地催促。

「啊，對、對不起……」

惠美慌張地接下袋子後——

「那、那個，梨香，我跟妳說……」

也沒確認內容，就這樣提著袋子的惠美扭曲表情，欲言又止地張著嘴巴，而打斷她的不是別人，正是梨香。

「鈴乃大致向我說明過現在的狀況後，就拜託我去買東西了。全部大約三千多圓。晚點我再把發票給妳。」

「嗯、嗯……那、那個，梨香……」

「稍等一下。我有話想先對妳說。好消息和壞消息，妳想先聽哪一個？我一直都很想說一次這種話呢。」

梨香的樣子看起來和至今一樣毫無改變。

難以決定該如何應對的惠美——

「呃……那、那就從壞消息開始……」

只好依照老套的好萊塢電影邏輯回答。

「好吧。很遺憾地，妳被開除了。雖然領班極力替妳爭取，我和真季也盡可能努力幫妳代班……但還是無法挽救一個月音訊全無的無故曠職。」

「這、這樣啊……這也是理所當然的。」

儘管試圖假裝平靜，這個「壞消息」替惠美帶來的打擊還是比想像中要來得大。

再怎麼說，那都是惠美漂流到日本後長時間待過的職場。

雖然無法公開自己的真相，但沒辦法回到自己在日本珍惜的團體這項事實，依然意外沉重地壓在她的心頭。

奇妙的是，惠美甚至覺得這件事帶給她的打擊，可能還比勇者之志粉碎的瞬間沉重。

不過這也是她持續堆積謊言、輕率行動的報應吧。

「那麼，還剩下另一個好消息……妳要不要先把東西放下來？」

「咦，啊，嗯、嗯……好。」

惠美將東西放到地上，重新面向梨香。

日本的友人露出有些惡作劇的微笑，筆直地看著惠美的眼睛說道：

「我把以後要怎麼稱呼妳的決定權讓給妳，艾米莉亞．尤斯提納小姐。」

「唔……」

惠美的心臟縮了一下。

「梨、梨香……我……」

她的眼眶發熱，嘴唇顫抖。

但惠美不能哭。如果在梨香，在這個持續被自己欺騙的日本最好的朋友面前哭，那就太卑鄙了。

然而梨香並未遺漏惠美表情的變化。

「喂，妳哭就太狡猾了，我可是因為妳而遭遇了非常恐怖的事情，這時候應該要讓我哭才對。我之前哭得超慘的。那真的很恐怖耶。」

「……嗯。」

「不過話先說在前頭，我真的希望妳道歉的，也就只有這點程度的事情。」

「……咦？」

「呃，我當然很驚訝喔？與其說是國外，妳的老家根本就在不同的世界吧？而且妳還是擁有超級怪力的勇者？然後還有個叫艾米莉亞．尤斯提納的誇張名字。」

「怪力……」

「不過啊，如果我是個想和妳結婚的男人，應該就會面臨很多的麻煩……可是幸好我是女人，而且是妳的朋友。」

雖然失去冷靜的惠美沒有發現，但梨香的這個邏輯，並不只適用於梨香和惠美的關係。

梨香是女孩子，她喜歡的人是男性。

梨香以悲傷的眼神看了天花板一眼，惠美並未發現她是在仰望樓上的二〇一號室。

「什、什麼意思……」

「……啊，嗯。我說啊，雖然我目前住在高田馬場，但我之前有稍微跟妳提過，我的老家在神戶吧？」

「……嗯。」

「我有跟妳說過，我高中時曾經被提名為國體（註：指日本每年定期舉辦的全國性運動會，國民體育大會）的游泳選手嗎？」

「咦、咦咦？國、國體？我從來沒聽說過？」

「雖然最後落選了。還有，我國中的班上同學都叫我梨香仔。我一直都覺得仔這個字不適合用在女孩子的綽號。」

笑著說完後，梨香溫柔地握住呆站原地的惠美的手。

「吶？如果不像這樣特地對彼此告白，根本就沒什麼機會得知朋友的過去，妳的狀況，只不過是經歷比別人特殊一點而已。」

「……梨香……」

「對我而言，真正重要的是有人能輕鬆地陪我聊些蠢話，或是在下班後一起去喝茶……雖然這部分在妳被炒魷魚後或許會變得比較困難……總而言之，持續當我的朋友就是這麼一回事。除此之外的事情，某方面來說都算是附送的。」

「嗯……」

「所以啊，我沒打算對妳說什麼『明天之前，把妳的人生經歷全部寫在紙本上交過來！』

之類的話，如果將來妳有那個意思，再找機會平靜地說給我聽吧。」

「嗯……嗯……」

「喂！別哭啦！我就只有這點不能接受喔！」

「嗯……嗯……！」

「啊～真是的。妳爸爸不是還沒醒嗎？把眼淚留到感動的重逢時再用啦。啊～這下慘了。要是看見多年不見的女兒突然變成這種表情，可是會幻滅的。雖然聽說真奧先生是魔王時也有這種感覺，不過在得知妳是勇者時，我也一樣馬上就感到懷疑囉。」

梨香緊緊抱住不能自已、肩膀顫抖的惠美。

「總而言之，辛苦妳了。希望妳爸爸能早日康復。」

「嗯！」

「……喂，雖然我已經放棄叫妳不要哭，但別流鼻水啦，不然我真的要生氣囉。」

梨香苦笑地持續抱著將臉靠在自己肩膀上嚎啕大哭的惠美。

「那麼，我到底該怎麼稱呼妳才好？是跟以前一樣叫妳惠美？還是像鈴乃那樣叫妳艾米莉亞呢？」

「……被梨香……嗚……叫艾米莉亞，感覺會有點難為情……」

聽見惠美以微弱的聲音這麼說後，梨香的臉上露出惡作劇的表情。

梨香溫柔地拍著惠美的背，接著往後退開笑著看向後者的臉。

「那就這麼決定了，我以後就叫妳艾米莉亞。」

「咦、咦咦？」

「艾米莉亞、艾米莉亞，嗯，很帥嘛，請多指教啦，艾米莉亞。」

「梨、梨香，等等……」

「艾米莉亞也可以叫我梨香仔喔。」

「不、不是這個問題！梨、梨香，拜託妳，就照以前那樣……」

「嗯～就算露出那種表情，也只會讓人更想欺負妳。吶～惠美，啊，不對，艾米莉亞，實際上妳這個月，到底都在那個安特什麼的哪裡做了什麼啊？我也想多知道一些惠美的，啊，艾米莉亞的事情。」

「妳根本就叫不慣嘛！」

儘管梨香堅持用艾米莉亞稱呼惠美，但惠美也慢慢覺得好笑，哭著笑了出來。

「不過，艾米莉亞，妳在這邊一直都是靠打工過活吧？如果不快點找到新工作，也沒辦法繼續照顧爸爸吧？還有，那位阿拉斯．拉瑪斯妹妹，最後也是要由妳照顧吧？」

「啊，嗯、嗯，這部分……」

仔細想想，失去時薪一千七百圓的工作，對在日本的生活而言確實是沉重的打擊。

雖然惠美還有一些存款，但是若不快點找到下一個工作，遲早會連永福町公寓的房租都有危險。

就目前的狀況而言，即使父親恢復健康，他們也不可能立刻回去安特．伊蘇拉的故鄉。

此外還有真奧以補償金的名義請求的駕照報名費，和安特．伊蘇拉的遠征經費要解決，之前艾美拉達在回到安特．伊蘇拉時提供的盤纏，惠美也和她約好將以某種形式返回。

雖說全都是自作自受，但狀況實在是過於嚴苛。

「真奧先生和千穗都在說麥丹勞因為外送服務而陷入嚴重的人手不足，妳要不要考慮去應徵看看？還有機會難得，妳乾脆就直接搬來這棟公寓吧。這裡的租金不是很便宜嗎？而且周圍都是了解狀況的人，住起來應該會比較輕鬆吧。」

儘管梨香的提議十分符合現實，但考慮到至今發生過的那些事情，惠美還是對這個提議感到些許的抗拒。

「呃……雖然現在變得必須比之前更認真考慮這個可能性，不過我想把這兩個方式當成最後的手段……」

「唉，雖然這部分要怎麼做是艾米莉亞的自由，但別太勉強自己喔？」

「嗯、嗯……不對，梨香，算我拜託妳，別再叫我艾米莉亞……」

由於無法忍受被梨香如此稱呼的尷尬，且梨香本人明顯也是在勉強自己，因此惠美強烈希望對方能改回原本的稱呼方式，就在這時候——

「艾米……莉亞……」

屋內響起一道低沉的呻吟聲。

惠美與梨香不自覺地互望彼此一眼。

「惠、惠美，妳、妳看那裡！」

「嗯、嗯，啊，梨香，妳先進來隨便找個地方坐……」

「別管我了，快點過去！」

因為突發狀況而手忙腳亂起來的惠美和梨香，一同趕到目前仍躺著的諾爾德身邊凝視他的臉龐。

諾爾德的表情像是在作惡夢般的扭曲，不過這是昨天完全沒出現過的反應。

「爸爸……爸爸？」

惠美用梨香買來的溼紙巾，替父親的額頭擦汗。

「惠美，快，再多叫幾聲！伯父，艾米莉亞就在你旁邊喔！快醒醒啊！」

梨香也在惠美身邊以不構成噪音的音量呼喚。

接著——

「……唔。」

「「！」」

諾爾德的嘴巴清楚地發出聲音。

傳進惠美耳朵裡的聲音，感覺似乎比記憶中要來得稍微高了一些。

即使如此——

「（爸爸……你聽得見嗎？）」

「喔，出現了，這是異世界的語言吧。」

惠美呼喚父親。

「（爸爸……醒醒啊，拜託你，我有好多話想對你說。）」

「雖然我不知道妳在講什麼，不過伯父應該也懂日語吧？艾米莉亞在這喔！快醒醒啊！」

「呃……唔……」

「（爸爸，我又能和你一起生活囉。爸爸沒對我說謊，你說過總有一天我們能再度一起生活。這天終於到了。爸爸，我……）」

「（艾米……莉亞……？）」

「（我……回來了……！）」

儘管微弱，但惠美和梨香都確實看見躺著的諾爾德眼睛裡燃起了光芒，以及他用沙啞的聲音呼喚惠美。

「他……睜開眼睛了，惠、惠美，我去通知真奧先生他們，喂、喂！鈴乃！真奧先生！蘆屋先生！」

或許是被梨香慌張跑出去的聲音吵到，諾爾德微微皺起眉頭，不過這麼做似乎反而刺激了他朦朧的意識。

雖然聲音沙啞，但諾爾德居然勉強靠自己的手臂撐起了上半身。

惠美連忙將手伸向父親的背和手臂扶住他。

比記憶中還要略顯蒼老的父親，與比記憶中還要成長許多的女兒，在遙遠的異鄉短暫地凝視彼此。

最後諾爾德微笑地以沙啞的聲音開口：

「（……啊啊，艾米莉亞……我在作夢嗎……？）」

「（不……這……不是夢。）」

自己以前有這麼愛哭嗎？

惠美任由自己的淚水持續落下——

「（爸爸……爸爸……嗚！）」

然後像小時候那樣抱緊父親的身體。

當時的淚水，是離別與絕望的淚水。

然而如今惠美臉頰上的淚水，在從窗戶射進來的日本陽光照映下溫暖地發光，散發出希望的色彩。

續章

艾夫薩汗皇都的象徵——蒼天蓋城崩塌的消息轉眼間就傳遍整個安特．伊蘇拉。
全世界都開始注意艾夫薩汗的動向，想必大陸東部的內亂，也將同時愈演愈烈。
總之當務之急，是在全國重新編制八巾騎士團，以及平息政治的混亂和皇都人民的動搖。
這些事主要是由那些組織斐崗義勇軍的人負責，義勇軍的騎兵們，在親耳聽見原本根本沒機會見到面的統一蒼帝的玉音後皆士氣高昂。
然而在馬勒布朗契全部消失的現在，各地也開始傳出對未來感到不安的聲音。
擔心一度向全世界宣戰的罪行，將在五大陸聯合騎士團的議場遭到彈劾的不安之聲。
既然蒼天蓋一被支配，斐崗就組織了義勇軍，這是否證明在國內的八巾騎士團中，有人具備能向皇都舉旗造反的行動力的不安之聲。
以及暗中討論統一蒼帝的年邁和統治能力衰退的聲音。
在過去甚至被讚頌為蒼穹代名詞的蒼天蓋，展現出修繕中的淒慘姿態的這段期間，這些聲音全都傳進了統一蒼帝年老力衰的耳裡。

然而即使被衰老侵蝕，那雙隱藏在下垂眼瞼背後的眼睛依然不失野心，像隻飢餓的野獸般閃閃發光。

「那個人……是真正的謀士……是真正的大將之才……」

統一蒼帝傅俊彥露出泛黃的缺損牙齒笑道。

「必須打造出……統治全世界四海五土的……偉大國家。」

那個人來到了和自己相同的舞臺。

既然如此，只要自己的這條命還在就該持續起舞，然後將結果留到未來。

「若能讓我大艾夫薩汗的榮華永存於世……」

這分決心和野心的光芒，正看向遙遠的未來彼端。

「那麼由非人者來繼承我霸道的衣缽，也是一種樂趣。」

—完—

作者，後記 — AND YOU —

在因為某個契機而感到憂鬱的早晨，突然希望學校被隕石破壞或公司爆炸毀滅——應該很少人完全沒有過這樣的經驗吧？

因為考試或人際關係等明確原因討厭起日常的情況就不用說了，即使沒有發生什麼特別的壞事，偶爾還是會打從心底對例行公事般的日常生活感到厭煩，或是因為突然意識到理想和現實間的差距而感到極度厭惡，每當發生這種情況時，人就會變得有點消極，並以格外純粹的心情——

「啊～不曉得會不會有隕石掉下來。」

產生這樣的願望。

不過這麼想的人，其實也不是真的發自內心希望世界毀滅，這類毀滅性的願望，說穿了只要能拋下現在背負的重擔，去趟夏威夷就會自動消散。

然而遺憾的是，人就是絕對沒辦法那麼做，無論再怎麼沉重辛苦，或是再怎麼想要逃避，有些東西就是很難捨棄。

然後時間就這樣在不知不覺間流逝，雖然無論是好是壞，許多事情都會就此塵埃落定，但和ヶ原強烈認為如果既不想逃避也不想捨棄，那至少希望能盡可能讓事情以光明、良好的形式做個了斷。

能夠毫不迷惘地克服所有阻礙、朝自己在某個時間點決定的道路勇往直前的人絕對是屈指可數。倒不如說若那種人隨處可見，這個世界應該會無法成立吧？

在這次的故事中登場的人物們，也是時而邁進，時而迷惘，且現在正好碰上了障礙，幾乎要放棄自己選擇的道路，然後勉強掙扎過來的他們，正在自己選擇的道路上面臨一個極大的分歧，並打算下定決心選擇其中一個方向。

上一集的後記也有提過，《打工吧！魔王大人》即將邁入新的階段。

坦白講，故事剛好在第十集這個漂亮的段落進入分歧點，完全是出於偶然，雖然心情上感到非常高興，但同時也希望自己能比之前更繃緊精神，朝新的階段向第十一集邁進。

強烈期待下一集也能再度與各位見面。

再會囉！

Kadokawa Light Novels

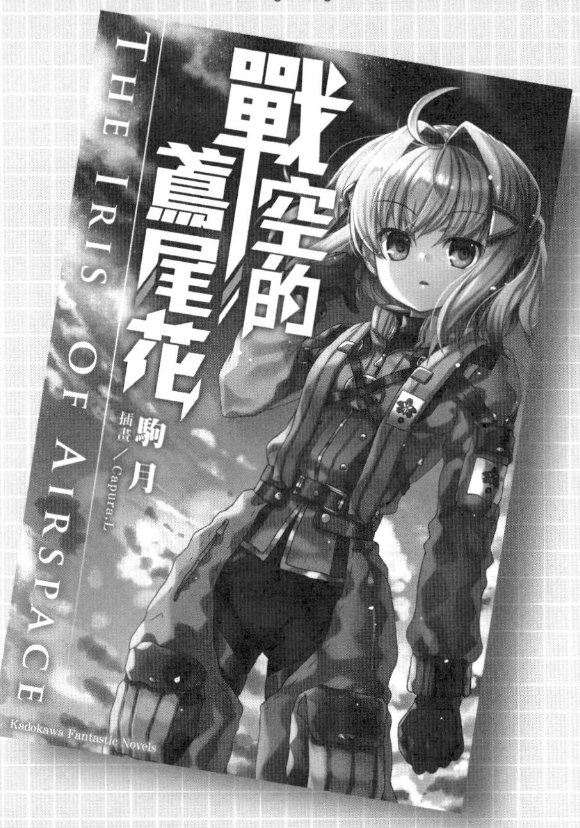

戰空的鳶尾花

Kadokawa Fantastic Novels

作者：駒月 插畫：Capura.L

2014角川華文輕小說大賞Boy's Side銅賞作品
籠罩在戰火中的無垠天幕，看起來是什麼樣子的呢？

為了親眼目睹父親眼中曾見的天空，隼進入空騎學校，卻在畢業之際誤打誤撞成為實驗中隊的駕駛員，並邂逅了夢想超越音速的少女，灰兒。就在此時，實驗中隊捲入了一場始料未及的紛爭。少年與少女駕駛戰機試圖打開局勢，不料到更大的黑幕即將襲來!?

NT$220/HK$68

台灣角川

Kadokawa Light Novels

神也會做錯填空題

Kadokawa Fantastic Novels

作者：馬木甬　插畫：KD　黑白插畫：Salah-D

2014角川華文輕小說大賞Boy's Side銀賞得獎作！
奇蹟少年×神諭少女，將一同修正神做錯的填空題!?

少年與青梅竹馬的姊妹對著流星許願，隕石卻意外墜落造成災難。三年後，隕石災區變成觀光景點，這時卻怪事頻傳——神祕失蹤的少女、延伸至天花板的手印、燃燒的樹林……當年奇蹟生還的夏白，當起了公園保衛科的實習生，他的任務便是解決這些亂象？

台灣角川

NT$220/HK$68

Kadokawa Light Novels

飛向仙女座

作者：王乙荀　插畫：竹官@CIMIX

Kadokawa Fantastic Novels

2014角川華文輕小說大賞Boy's Side銅賞作品。
野雞大學優等生（？）的星際首航吉凶未卜!?

羅伊即將自「銀河大學」畢業，卻臨時接到將一具冬眠古代地球人送往仙女座的任務，更在半路上遭遇敵襲，導致《奧德賽號》誤入一片詭異空間。表面上，敵人的目的似乎是船上的古代人，然而隨著雙方多番激戰，殘酷而出人意料的事實也漸漸浮上檯面——

NT$180/HK$55

台灣角川

馬卡龍女孩的地球千年之旅

Kadokawa Fantastic Novels

作者：からて　插畫：わんにゃんぷー

其實，我有些話一直很想對你說……
日本網友感動不已的療癒系作品！

形影不離的好友某天竟摔進時空隧道的另一端，跑到一千年後去了，為了追尋好友，超愛吃馬卡龍的天真少女參加科學人體實驗獲得了不死之身，開始了千年之旅。其間地球經歷了種種可怕的問題……馬卡龍女孩最後能否得到屬於她的幸福呢？

台灣角川

NT$180/HK$55

Kadokawa Light Novels

盜賊神技～在異世界盜取技能～ 1 待續

Kadokawa Fantastic Novels

作者：飛鳥けい　插畫：どっこい

透過隱藏技能「盜賊神技」，
新世代勇者誠二的成長物語就此展開——！

在現實世界因車禍死亡的吾妻誠二，死後決定轉生到劍與魔法的異世界。習得了名叫「盜賊神技」的外掛技能，誠二一步步強化自身實力。與獸耳少女的嶄新邂逅也為他帶來了轉機，誠二為了保護重要的事物一路過關斬將！

台灣角川

NT$200/HK$60

Kadokawa Light Novels

天使的3P！ 1 待續

Kadokawa Fantastic Novels

作者：蒼山サグ　插畫：てぃんくる

《蘿球社》作者＆插畫家共同合作的最新作！
為了報恩，盡心演唱的蘿莉＆流行音樂的合奏開演!!

因為國中時期的創傷而畏懼上學的貫井響，興趣是用歌唱軟體創作歌曲。某天他收到一封郵件，寄件人竟是一群小學五年級的少女。愛哭鬼五島潤、性格剛強的紅葉谷希美、呵欠不斷的金城空。親如姊妹的三人，將向響提出一個驚人的要求……

NT$180/HK$55

台灣角川

Kadokawa Light Novels

為美好的世界獻上祝福！ 1 待續

Kadokawa Fantastic Novels

作者：暁なつめ　插畫：三嶋くろね

死後審判是何時增加一項「移民政策」了？
正因為是廢柴，才能在異世界重獲新生！

熱愛電玩的佐藤和真的人生突然閉幕，卻意外帶上女神阿克婭一同轉生到異世界！憧憬的大冒險就此展開……還以為是這樣，但真正展開的竟是為了換取民生所需的勞動！變得只想要安穩度日的和真，卻因為智商差運氣也差的阿克婭，而被魔王軍給盯上了!?

NT$180/HK$55

台灣角川

Kadokawa Light Novels

©KAZUMA KAMACHI 2012

智慧村的座敷童子 1 待續

Kadokawa Fantastic Novels

作者：鎌池和馬　插畫：真早

《魔法禁書目錄》作者鎌池和馬最新作！
嶄新風格的妖怪懸疑劇，熱鬧登場！

田園風光與尖端科技共存的區域，就是這個「智慧村」。此處連「妖怪」也深受吸引，前來尋求舒適的「棲身環境」。當然，妖怪也跑來住在我家。該妖怪是個巨乳座敷童子，會手拿無線搖桿，優雅玩著遊戲……喂！妳這個座敷童子，拜託也幫忙一下吧！

台灣角川

NT$260/HK$78

Kadokawa Light Novels

魔劍的愛莉絲貝兒 1 待續

Kadokawa Fantastic Novels

作者：赤松中學　插畫：閏月戈

《緋彈的亞莉亞》作者最新力作！
戀愛＆鬥爭都要猛烈地展開!!

——現代的日本。異能者們潛伏於社會角落，展開超乎尋常的戰鬥。靜刃被強迫就讀異能者學校「居鳳高中」，並邂逅了雙馬尾魔女——愛莉絲貝兒，兩人在吵嘴中卻也開始並肩作戰……

——圍繞戀愛與戰鬥的日子，如今即將揭幕。

台灣角川

NT$240/HK$75

國家圖書館出版品預行編目資料

打工吧！魔王大人 / 和ヶ原聡司作；李文軒譯. --
初版. -- 臺北市：臺灣角川, 2014.02-
冊； 公分
譯自：はたらく魔王さま!
ISBN 978-986-325-788-2(第9冊：平裝)
ISBN 978-986-366-088-0(第10冊：平裝)

861.57 102026291

Kadokawa
Fantastic
Novels

打工吧！魔王大人 10

（原著名：はたらく魔王さま！10）

2014年8月27日　初版第1刷發行

作　者：和ヶ原聡司
插　畫：029
日版設計：木村デザイン・ラボ
譯　者：李文軒

發行人：塚本進
總　監：施性吉
副總編輯：蔡佩芬
主　編：吳欣怡
文字編輯：黎夢萍
美術副總編：黃珮君
美術主編：許景舜
美術編輯：蕭毓潔
印　務：李明修（主任）、張加恩、黎宇凡、張則蝶

發行所：台灣角川股份有限公司
地　址：105台北市光復北路11巷44號5樓
電　話：（02）2747-2433
傳　真：（02）2747-2558
網　址：http://www.kadokawa.com.tw
劃撥帳戶：台灣角川股份有限公司
劃撥帳號：19487412
法律顧問：寰瀛法律事務所
製　版：尚騰製版印刷有限公司
ISBN：978-986-366-088-0

香港代理：香港角川有限公司
地　址：香港新界葵涌興芳路223號新都會廣場第2座17樓 1701-02A室
電　話：（852）3653-2804

※本書如有破損、裝訂錯誤，請寄回當地出版社或代理商更換。